Radio Shelby

Die wahrscheinlich beste Radioshow,

die eigentlich keine ist.

AF237335

Von Bernd Siemoneit mit

Josie, Joleen und natürlich Shelby.

Für einen optischen Eindruck, nähere Informationen sowie
die *Playlist* zum Buch besuchen Sie gerne die Homepage

www.Radio-Shelby.de

Bernd Siemoneit

Radio Shelby

Eine Tierbiographie

Impressum

Bibliografische Information der Deutschen
Nationalbibliothek:
Die Deutsche Nationalbibliothek verzeichnet diese
Publikation in der Deutschen Nationalbibliografie;
detaillierte bibliografische Daten sind im Internet über
http://dnb.dnb.de abrufbar.

Herstellung und Verlag: BoD – Books on Demand,
Norderstedt

ISBN: 978-3-7557-4872-4

Radio Shelby

Vorwort

Dieses Buch ist Shelby und all den anderen verlorenen Tierseelen gewidmet, die wegen Menschen aus unterschiedlichen Gründen Leid erfahren.

Shelby ist ein Tierschutzhund aus Mallorca, ca. 2 Jahre und ein Pastor Mallorquin Mischling.

Er ist vermutlich sehr isoliert aufgewachsen und wohl auch körperlich misshandelt worden.

Jetzt ist es für ihn an der Zeit, die Welt zu erkunden. Die Geschichte beginnt in Espelkamp in einer Tierpension, wo der Jungrüde die ersten Schritte geht und positive Erfahrungen sammeln darf.

Recht herzlichen Dank an Tierschutz Lemuria und Verena Kosel im Besonderen. Du hast diesen Hund wie immer toll ausgesucht, um die Gang zu vervollständigen.

Die Gang besteht übrigens aus Opa Shadow, Pastor Mallorquin, 13 Jahre, der 10-jährigen Josie, ebenfalls eine Pastor Mallorquinische Schönheit, und einem 49jährigen menschlichen Begleiter und „Möchtegern-Chef". Wir sind übrigens in Velbert zuhause, die Weltstadt kennt bestimmt jeder ….

… Shelby soll dann irgendwann die Rolle von Opa Shadow übernehmen. Tierschutzhunde, jedenfalls die passenden, wachsen nicht auf Bäumen und so wird die Gang einige Monate aus den Dreien bestehen, das macht durchaus Eindruck ☺

Ab jetzt wird der Jungrüde in Form seiner eigenen Radioshow von seinen Erlebnissen berichten. Die Songs sind durchaus wichtig, teilweise wegen des Songtextes, oder weil sie musikalisch gerade passen. Die Show macht mehr Spaß, wenn die Lieder entweder gedanklich oder live mitlaufen.

Eine Playlist befindet sich auf der Homepage Radio-Shelby.de

Die Gang wünscht viel Spaß - ab jetzt übernimmt Shelby.

Von Wölfen und Sternen

Ist gar nicht so leicht zu streicheln ein Reh

die Präsenz der Wölfe tut immer noch weh

Steht getarnt im Gehölz mit wachsamen Augen

wittert keine Gefahr und kann es nicht glauben

Will es, kann es, wird es sich trauen

vielleicht lauert erneut ein Wolf mit klauen

Ein Schritt hinaus, ein Sonnenstrahl

ein Schritt zurück, quälende Wahl

Dann unter Sternen im Dunkel der Nacht

zaghaft den ersten Zweiten gemacht ...

Radio Shelby

Alles auf Anfang

Halli Hallo liebe Leute, willkommen hier bei Radio Shelby - die brandneue Radioshow mit dem coolsten Jungrüden der Welt …

… also ganz bestimmt bald, irgendwann, wird das schon so sein - ööööhm, Themawechsel.

Jahaaa und ab geht's, wir starten einfach mal direkt mit dem ersten Song - Vangelis „Conquest of Paradise", scheint jetzt genau der richtige zu sein.

Sohoo, daaa bin ich wieder, Leute. Eigentlich dachte ich bereits, ich hätte es gefunden während ich hier auf Frank warte. Das ist der Chef hier und in seinem Herzen scheint auf jeden Fall ein Licht!

Ganz ungeduldig warte ich darauf, dass er kommt und mich zu meinen Hundekumpels auf die Wiese bringt. Seit einigen Wochen bin ich jetzt hier und erfahre zum ersten Mal Zuneigung. Frank kennt sich zum Glück bestens mit Hunden aus, ich bin ja noch total unsicher und muss echt noch Einiges lernen. Keine langen Vorträge, sondern liebevolle, aber auch bestimmte, kurze Anweisungen und jede Menge Hundekumpel, von denen ich mir was abgucken kann, erleichtern meinen Start ins Leben. Das eigentlich jetzt erst beginnt...

Da, ich höre ihn schon! Ungeduldig bearbeite ich mit den Pfoten das Tor, dann geht es endlich auf und voller Freude springe ich hoch und begrüße ihn stürmisch. Wie üblich muss ich kurz an die Leine, aber egal - gleich bin ich ja bei den anderen ...

... auf geht das Tor und nix wie rein Juchhuuuuuu... öhm -- Moment!

I-R-G-E-N-D-E-T-W-A-S ist hier gerade gaaanz anders.

Statt meinen Hundekumpeln sind da zwei neue Hunde und auch ein neuer Mensch; zum Glück ist Frank mit dabei ... er gibt mir etwas Sicherheit.

Vorsichtig schaue ich mir die Neuen an, ein alter Rüde, der die Chefrolle klar beansprucht. Kein Ding, sag ich: „Du bist der Chef und darfst es bleiben!"

Ich will ja keinen Ärger, er toleriert mich zumindest ... ok, was haben wir denn noch?

Aha, ein altes Weibchen - bestimmt die Frau vom Chef. Ich halte Abstand und laufe zum Zaun, wo meine Hundekumpel auf der anderen Seite bereits warten.

Die beiden „Alten" ignorieren mich weitgehend. Aber aus welchen Gründen darf ich nicht zu meinen Hundekumpeln? Mhm, da ist ja noch der neue Mensch…

… zuerst mal bekomme ich Hundekekse und er streichelt mich, scheint nett zu sein - sehr schön. Aber jetzt will ich zu meinen Kumpels! Stattdessen lande ich nur 10 Minuten später im, zum Glück großen, Kofferraum eines Mercedes Vito… zusammen mit dem Chef und seiner Frau.

Verdammt, was nun?

Die Tür geht zu, die Fahrt los und ich kann fühlen, dass ich meine alten Kumpel hier wohl nicht wiedersehen werde. Ich seufze leise…

… ich will ja nix falsch machen, weiß aber auch noch gar nicht so genau, was eigentlich richtig ist.

Ok, alles auf Anfang!

Am besten, ich streue erstmal einen Song ein; ich kann bei der Aufregung eine Pause vertragen und es singt für Euch: Tracy Chapman „Remember the Tinman".

Hoffentlich hat Euch der Song gefallen.

Ich will einfach bloß raus aus dem Auto, auch wenn der Mensch nett zu sein scheint und Josie, eine gemütliche Hundedame, ist da immer noch - der Chef! Ein blödes, ein gaaanz blödes Gefühl da in dem Kofferraum...

... die Fahrt dauert gefühlt endlos lange.

Anmerkung der Redaktion: Espelkamp - Velbert, ca. 3 Stunden!

Je länger wir fahren, umso mehr wird mir bewusst, dass ich Espelkamp nicht wiedersehen werde und mein Herz wird schwer. Aufgrund der Nähe der Alten habe ich keine große Zeit, mir viele schwermütige Gedanken zu machen und dann....endlich...halten wir an.

Es ist jetzt 18 Uhr und der erste Halt ist eine Hundewiese, genannt „Grüne Insel".

Die Alten dürfen einfach so laufen und ich komme an die Leine, unsicher sehe ich mich um.

Der Mensch ist geduldig mit mir, ich schnüffele nur ganz vorsichtig etwas rum und erledige meine Geschäfte schnell. Außer uns sind kaum Leute unterwegs, das Wetter ist nasskalt und nicht gerade einladend. Könnte schlimmer sein, denke ich … und fange vorsichtig an, die neue Welt zu erkunden.

… nach 20 Minuten steigen wir wieder ein, auch die Alten scheinen zu begreifen, dass ich jetzt dazu gehöre.

Der Chef toleriert mich missmutig, seiner Frau scheint es echt total egal zu sein, was für ein cooles Mädchen!

Die nächste Fahrt dauert auch nur 3 Minuten und da wären wir also…

… angekommen, für immer angekommen … was mir natürlich noch nicht klar ist.

Drinnen gibt es ausreichend Platz, Hundekekse für alle und für jeden ein weiches Hundebett.

Scheinbar ist hier alles ganz locker, ich bin trotzdem nervös und angespannt…

… was soll ich tun, was darf ich tun, was ja was …. Ich, verhalte mich einfach wie die Alten oder versuche es zumindest.

Nach diesem Stress, und, glaubt mir Leute, 3 Stunden als ahnungsloser Jungrüde mit dem Chef im Kofferraum war Stress!, brauche ich eine Pause.

Also erst mal wieder ein Song für Euch - Foreigner „I want to know what love is".

Tja Leute, ich hoffe, Ihr habt die Pause genossen - ich hatte sie natürlich nicht wirklich.

Hier geht das Leben weiter und obwohl ich jetzt seit 4 Stunden unter Starkstrom bin, stehen mir heute noch zwei Prüfungen bevor.

Erstmal geht's aber in die gemütliche Stube - jeder auf sein Hundekissen und der Mensch auf die Couch. Kein Protest bitte! Wir sind vorher alle drei gestreichelt worden, ich sogar besonders lang.

Wenn hier mein neues Zuhause ist, dann könnte es, glaube ich, schlimmer sein … es kehrt etwas Ruhe ein, danke.

Wir liegen auf unseren Kissen und ich schaffe es, etwas zu entspannen, eigentlich kann ich auch gar nicht mehr.

Es ist jetzt so etwa 19 Uhr, nur so zur zeitlichen Einordnung … ich liege also da so rum und plötzlich fummelt der Mensch mit so' nem schwarzen Teil rum und …

…. **KRAWUMMMM** - explodieren zwei große Schränke, die da stehen…

… ich springe sofort auf und beobachte, nein, ich fixiere angespannt die Schränke!

Kopf schief, Stirn in Falten, bereit, ja, bereit!!
Zu was eigentlich weiß ich selbst nicht so genau …

Was ist los? Droht Gefahr?? Scheinbar sind da Menschen eingesperrt, die gequält werden!!
Jedenfalls machen sie entsprechende Geräusche und versetzen mich direkt wieder in den Starkstrommodus…ich kann nicht mehr, denke ich… es dauert so 10 Minuten, bis ich merke, dass die Alten ganz entspannt liegen bleiben. Ich bin aber weiter unsicher und beobachte die Schränke, es jault und knallt und Menschen schreien…

Verdammt *Mensch*! Heavy Metall zur Begrüßung ist jetzt nicht sooo wirklich sensibel!

Junge, Junge, ich habe in meinem ganzen Leben noch nie Musik gehört und der Typ lässt hier die Schränke explodieren - erster Minuspunkt mein Freund, erster Minuspunkt… hört sich lustig an Leute, war es aber nicht, echt nicht…

…na ja, man muss ja positiv denken - wenigstens kein Schlager.

Das Telefon in der Redaktion klingelt und die Hörer verlangen nach dem Song, der da gelaufen ist, Kataklysm Leute - Kataklysm, sucht Euch den verdammten Song selber raus - ich bin erst mal froh, dass hier wieder Ruhe herrscht und will eigentlich nur noch schlafen.

Die Schränke schweigen, ich liege total erschöpft auf dem Kissen und werde gestreichelt…

…jetzt ist es schön und es reicht auch für heute, was für ein Tag, Mann, bin ich platt.

Aber es reicht natürlich noch nicht… immer noch beeindruckt von den explodierenden Schränken … erwacht der nächste Schrank. Völlig erschöpft kämpfe ich mich hoch und fixiere den neuen Schrank…viel flacher als die Schränke von eben und auch da wohnen Menschen drin!?

Kleine, flache Menschen, die sogar zu sehen sind … wie kommen die da rein bzw. warum nicht raus? Ist das gefährlich? Was ist bloß los hier? …Ich hab doch im Leben noch nix kennengelernt…15 Minuten fixiere ich den Schrank und dann kann ich nicht mehr. Ich lege mich hin und beobachte im Liegen die Flundermenschen. Das geht jetzt so bis 21:45 Uhr und dann ist endlich Schlafenszeit …

Also Leute, ein völlig fertiger Shelby verabschiedet sich für heute - wenn ich mich erholt habe, geht's weiter, erst mal reicht's.

Ich verabschiede mich von Euch mit Rosenstolz „Gib mir Sonne"

Radio Shelby

Ghostbusters

Hey, meine komplizierten Zweibeiner, willkommen zu einer neuen Ausgabe von Radio Shelby, dem wahrscheinlich coolsten Jungrüden der Welt ... bald, ganz bald bestimmt - werde ich das jedenfalls sein.

Da der Song rockt und meine Verfassung echt besser beschreibt als ein doch sehr mutiges „cool", starten wir musikalisch mit The Offspring „No self esteem",

„....Richtig? Ja ja ja!!" - ach Leute, etwas mit grölen muss einfach sein, versteht ihr ja sicher.

Tja, ich bin jetzt anderthalb Wochen hier und darf seit 3 Tagen ohne Leine mitlaufen.

Einerseits kann ich so immer ausweichen, wenn mir etwas nicht geheuer ist, aber andererseits bleibe ich doch lieber sehr nah bei meinem Menschen, sicher ist sicher - man kann ja nie so genau wissen, was die Welt so alles auf Lager hat.

Da es witterungsbedingt sehr usselig ist, treffen wir auch nicht auf sooo viele andere Menschen, meistens Hundeleute oder Jäger.

Wie, so viele Jäger sind gar nicht unterwegs? Na und ob!

Erst heute treffen wir schon nach zehn Minuten den ersten, ich beschreibe dass mal ganz exakt:

Der Chef zockelt, mit Schnüffeln beschäftigt, den Waldweg lang. Seine Frau ist ebenfalls mit ihren hundeüblichen Geschäften zugange, unser Mensch und ich sind irgendwo dazwischen.

Ich bin natürlich aufgeregt, alles ist so neu und ich muss lernen, mich richtig zu verhalten. Korrekt, ich habe einfach keine Sozialisierung gehabt, keine Ahnung wie ich Signale einordnen soll bzw. was ich sende. Meistens jedenfalls. Aber jetzt gleich wird alles durch mich geregelt ... Achtung Leute, Achtung ...

... ich sehe einen Menschen auf uns zulaufen. Da er zuvor um die Ecke gelaufen ist, befindet er sich quasi unmittelbar vor uns und ich brumme ihn sofort an, obwohl ich eigentlich selbst Schiss habe ... aber den Mutigen gehört die Welt, yeah!

Und tatsächlich, der Typ bleibt stehen, steif wie ne Salzsäule, ha ha!

Eins zu Null für Shelby!

Ich warte darauf, von meiner Gang und meinem Menschen gefeiert zu werden, schließlich habe ich uns gerettet. Wer rennt, tut das nur, wenn er jagt, und der Jagende greift dann zwingend an …

… Hey Leute, was ist los mit Euch - Applaus bitte!

Doch nix passiert? Der Chef zockelt weiter, Josie ist ebenfalls gleichgültig und mein Mensch redet beruhigend auf mich ein…der Typ rennt weiter - öhm - Hä???

Ok, mal überlegen was da grad passiert ist …

… mhm, wieso läuft man schnell, wenn man nicht auf der Jagd ist…?

Grübel, grübel - na ja, vielleicht war der Typ einfach komisch bzw. ungefährlich und meine Truppe kennt den schon…

Es geht sowieso schon weiter und ich muss immer aufs Neue die eine oder andere Prüfung bestehen…zum Beispiel treffen wir auf einen Hundekumpel, ein alter Rüde.

Die Gang ist cool, aber ich bin unsicher und bewege mich nicht, ich will ja nix falsch machen.

Genau das ist aber falsch, steif heißt aggressiv! Der alte Rüde interpretiert des natürlich entsprechend, er kommt aggressiv auf mich zu und jagt mich ein paar Meter… ich suche sofort das Weite und der Alte lässt von mir ab.

Puh, noch mal gut gegangen!

Die Szene sollte sich an unterschiedlichen Orten noch einige Male wiederholen, bis ich die Körpersprache drauf habe, aber ich bin flink - nie was passiert, he he!

Zeit, einen Song einzustreuen, schließlich ist das ja ne Radioshow, oder?

Also Leute, Alice Merton - „No Roots" sorgt für etwas Abwechselung und ich sag bis gleich.

„… Uh Uh Uh Uh!", tja Leute, da isser wieder - der coolste Jungmoderator der Welt, ha ha, und weiter geht's mit unserer Runde durch das neue Territorium.

Und wieder kommen Menschen, diesmal zwei, angelaufen. Ich bin bereit, aber irgendwie scheint die restliche Gang unbeeindruckt!?

Ich beobachte die Läufer … sie kommen näher, mein Mensch merkt meine Nervosität und weist mich an, bei ihm zu bleiben. Er redet beruhigend auf mich ein und ich denke nur „Alta, was ist nicht richtig mit Dir und der Gang? Die jagen und gleich sind sie hier und greifen an!"

Tatsächlich rennen die aber an uns vorbei…

Dieser Vorgang wiederholt sich in den nächsten Tagen und Wochen ziemlich häufig und ich lasse Euch, liebe Hörer, einfach mal so an meinen Gedanken teilhaben.

Nachdem ich irgendwann verstanden habe, dass eigentlich keine Gefahr von rennenden Zweibeinern ausgeht, mache ich mir so meine Gedanken und bleibe, man kann ja nie wissen, vorsichtig.

Wieso rennt man, wenn man nicht jagt, bzw. was soll eine Jagd, ohne anzugreifen - Fragen über Fragen…irgendwann dachte ich „Yeah, Rätsel gelöst!". Beim Spielen rennt man auch, machen wir ja genauso… aber bei genauerer Betrachtung musste ich den Gedanken verwerfen. Ein Spiel ist lebendiges Hin und Her und man guckt auch nicht so verbissen! Verdammt, was nun?

Nach eingehender Langzeitstudie von rennenden Menschen, die nie, echt nie - verrückt! - angreifen…die Lösung!!!

Die jagen doch! Bloß jagen die keine anderen Menschen und auch keine Hunde, es handelt sich um …Trommelwirbel: GEISTERJÄGER

Leute Leute, das war ein echt schwieriges Rätsel. Was immer Ihr da auch jagen tut sei ab jetzt völlig egal und der folgende Song ist obligatorisch: „Ghostbusters" von Ray Parker…

Manchmal sieht man eben Dinge, die andere nicht sehen können, Leute! Euer Shelby lässt Euch einfach mit dem Song den Tag genießen und verabschiedet sich für heute.

"…und wenn Ihr Dinge seht…"

Radio Shelby

Ilse und Hermann

Hallo und schönen guten Tag, liebe Zweibeiner. In der heutigen Show geht es mal wieder um das Thema „was scheint" und „was ist Realität".

Mannomann, ich bin jetzt so etwa drei Wochen hier, immer noch dabei, anzukommen und heute hatten wir wieder ein Erlebnis der anderen Art. Aber zunächst mal zur Einstimmung den Song „Nemo" von Nightwish, bevor noch der Draht in der Redaktion heiß läuft, weil zu viel gequatscht und zu wenig Mucke gespielt wird.

„Shelby ist daaaaaa, für immer hieeeeeeer!"

Tja Leute, etwas mitsingen wird ja wohl erlaubt sein und immer schön geschmeidig bleiben...ich habe ja gar nicht vor, Eure Trommelfelle mit meinem Gesang übermäßig zu strapazieren, he he he!

Nun aber zu Ilse und Hermann, zwei Namen, die demnächst häufiger fallen werden.

Es ist mittags, so eine Stunde nach High Noon. Die Fahrt zum Treffpunkt an der „Saubrücke" dauert bloß 6 Minuten. Angekommen, steigen wir schon mal aus; es ist durchaus idyllisch hier. Im Tal fließt ein Bächlein und zu den Seiten hin sind jeweils Fußwege, die von Büschen und Bäumen gesäumt werden. Die Brücke selbst ist ein 1914 erbautes Viadukt, dessen sieben Bögen in einer Höhe von 40 Metern das „Rinderbachtal" überspannen.

Um die Verwirrung komplett zu machen, sei noch erwähnt, dass die Saubrücke eigentlich „Eulenbachbrücke" heißt. Lediglich im Volksmund ist nahezu ausschließlich von der „Saubrücke" die Rede, die aber tatsächlich den „Rinderbach" an ihrer Seite bzw. unter sich hat. Naaaa, verwirrt???

Tja-ha, so geht es mir auch oft!

Zurück zur Geschichte. Wir sind hier mit einer Freundin von meinem Menschen verabredet; die hat Meerschweinchen und ab und zu drehen wir ne Runde zusammen.

Meeeeerschweinchen??? werden jetzt einige denken…nee, natürlich nicht, Chihuahuas hat die - aber mal ehrlich, als Hunde gehen die doch nicht durch!

Wir stehen also da so rum und warten. Konkret sind wir unter der Brücke zu linksseitigen Parkmöglichkeiten durchgefahren und warten an der Weggabelung.

Da es ziemlich windig und immer noch Winter ist, 3 bis 5 Grad, ist es eigentlich menschenleer. Die Büsche und Bäume werden vom Wind durchgeschüttelt, zum Glück scheint die Sonne und wärmt etwas.

Da nähert sich vom tiefer gelegenen Teil der Gabelung ein älteres Paar. Beide werden wohl so zwischen 60 - 70 Jahre sein. Aber wie immer bleibt die Gang locker und mein Mensch steht auch unaufgeregt da rum.

Sie kommen langsam näher und Hermann will eigentlich auch an uns vorbei in Richtung Straße gehen, als seine Frau plötzlich angsterfüllt loskreischt:

„Daaaa, ein Dobermann! Ich habe Angst!"

Verdammt, denke ich, ein Dobermann? Ich schaue mich nervös um und sehe - unsere Gang und meinen Menschen - sonst nix, echt, keiner da.

Hermann meint auch ganz ruhig:

„I H L S E, d a s i s t k e i n D o b e r m a n n!"

Ja genau, denke ich, Hermann hat's erfasst - bloß unsere Gang und keine Dobermänner...

Aber Ilse kreischt noch lauter:

„D O C H, d e r d a .... D a s i s t e i n

D O B E R M A N!

I CH H A B E A N G S T!"

Boah, denke ich, was das wohl für Viecher sind, diese Dobermänner? Mhm, scheinbar sehr gefährlich!? Aber wo isser denn nun???

Mein Mensch ist ruhig, die Gang ist ruhig, scheinbar doch keine Dobermänner zugegen, mhm, und nun? Ich bin aufgeregt - im Zweifel besser aufpassen!

Was für eine Aufregung, da muss erst mal Tone Loc mit „Wild Thing" für eine Pause sorgen, und ab geht der Song ...

„...Hasta la vista, altes Mädchen!" es geht nicht anders, ein paar Fetzen muss ich mitgrölen in der Hoffnung, dass ... och nööööh, nix mit „hasta la vista" -

Ilse iss imma noch da!

Aber erst ist Hermann dran, den mag ich echt gut leiden! Er meint zu seiner Ilse in ganz cooler Art:

„ I-L-S-E! Jetzt komm! Das ist K-E-I-N Dobermann!"

Korrekt Hermann, wie hältst Du das mit Ilse bloß aus? Vielleicht ist die ja gar nicht immer so...

... sie kreischt wieder los, noch schriller und noch lauter:

„H-Ä-Ä-Ä-R-M-A-N-N! I-C-H H-A-B A-N-G-S-T!"

Ich denke mir - *Du blöde Kuh, wenn Du so rum schreist, kriege ich doch Angst!*

Hermann hat genug, er marschiert einfach langsamen Schrittes los in Richtung Straße ...

... Ilse wird still, endlich, endlich, und stiefelt hinter Hermann her.

Allein mit dem Dobermann wollte sie dann auch nicht bleiben. Sie sagt nix, läuft so zehn Meter hinter ihrem Hermann her und dann, nachdem beide so 30 Meter zwischen sich und unsere Gang gelegt haben, meckert sie wieder los:

„ Das war ein Dobermann, die sind gefährlich!", und Hermann - inzwischen sichtlich genervt:

„ Ilse, sei still jetzt!"

Mann, Mann, Mann, ich habe eine Wirkung auf Frauen - einfach Hammer, he he he!

Sie lieben oder sie fürchten mich, dabei bin ich bloß ein Hund ...

... genauso wie Dobermänner übrigens auch.

Zum Glück ist ja jetzt Ruhe und da kommt auch schon die Meerschweinchenfrau, Yippieh - jetzt können wir endlich los.

So viel Aufregung schon vor dem Start gab es echt noch nie, zum Runterkommen „Take my breath away" von Berlin.

Euer Lieblingsdobermann-Fake Shelby verabschiedet sich für heute mit sanften Grüßen und wünscht einen schönen Tag!

Radio Shelby

Intermezzo

Was für ein schöner Tag heute, nette Morgenrunde ohne Zwischenfälle und erste Leckerchen zu Hause - so kann's weiter gehen.

Nachdem Ilse mir so viel Angst gemacht hat, starte ich die Sendung mit einem Mut-mach-Song, Survivor mit „The burning heart" machen den perfekten Start in den Tag komplett.

Tja, so isses! Ein Krieger gibt niemals auf und das gilt natürlich auch für Pastor Shelby.

Nachdem der Tag dann relativ ereignislos, also für mich sehr erholsam, dahinplätschert, treffen wir beim Start der Mittagsrunde ein Mädchen. Nee, nix da, keine Hundedame …

… diesmal ist mein Mensch dran. Die Stimmung ist entspannt bis gut, die Runde verläuft erneut ohne Zwischenfälle, sehr schön. Einkaufen, Leckerchen bzw. Essen kochen, je nachdem, ob Mensch oder

Hund isst, und dann ausruhen. Moment mal, was geht denn jetzt ab?

Eigentlich haben wir Pastoren Schlafzimmerverbot, doch jetzt steigt da scheinbar ´ne Party. Mhm, ich bin unsicher, darf ich mitmachen oder besser nicht….die Alten bleiben draußen und ich….kann einfach nicht anders, gehe vorsichtig rein und lecke an den Füßen.

Großes Gelächter … puh, niemand schimpft … kann also nicht falsch gewesen sein… immer noch Gelächter und ich fliege trotzdem raus. Kurzes Vergnügen… wie das halt so ist.

Tja Leute, Culcha Candela beenden das Intermezzo, „Hammer" heißt der Song.

Treibt's nicht zu wild, Leute - Euer Shelby verabschiedet sich und erholt sich von den vielen neuen Eindrücken.

Das Mädchen hab ich übrigens nie mehr wiedergesehen, keine Ahnung, ob das meine Schuld war….

Radio Shelby

Der Teufelskreis

Hallo hallo alle zusammen, willkommen zu der heutigen Folge von „Radio Shelby", in der ich Euch den Teufelskreis etwas näherbringen werde. Einige werden jetzt denken, kenn ich, andere werden Fragezeichen über dem Kopf haben und denken - was hat denn wohl der coolste Jungrüde der Welt bloß mit dem Teufel zu tun…

… eine ganze Menge, kann ich Euch sagen! Ha ha ha…

Aber starten wollen wir mit einem Song: Ray Parker Jr. - „Ghostbusters"

„Di di diieee diiee di di diee die - Geisterjäger …" - yeah, ich liebe den Song und über die Geisterjäger wissen meine Fans und Hörer ja schon so einiges - jahaaa, im Shelbyversum ist halt alles etwas anders … obwohl ihr Menschen ja die komischen Vögel seid, t´schuldigung … iss aber so!

Da klingelt auch schon das Telefon und ein Hörer beschwert sich…

… Leute, Leute, bleibt cool, ich beweise es Euch anhand von Musik, aber Vorsicht - das wird hart.

Also sperrt mal schön die Lauscher auf und ich spiele den Nummer-Eins-Hit aus dem April 1986 mit dem schönen Titel „Geil", was wieder sehr gut zu mir - ach lassen wir dass, ab geht der Song …

… echt mehr Gaga als Geil. Was für ein Text, Huahuaaa, ich lach mich schlapp. Tja Leute, Nummer Eins, weil Ihr es so wolltet!?!?

Keine Anrufe mehr, ich werte das betretene Schweigen mal als Zustimmung, he he.

Und wie die aussehen - Huhaa huaahaaha …. Luft, ich brauche Luft, okay - wir wechseln besser zum Thema der heutigen Show.

Damit wären wir also wieder mal unterwegs auf einer unserer Stammrunden im Revier. Es ist sonnig und eine leichte Brise macht die Hitze erträglicher, was leider auch dazu führt, dass jede Menge Covidianten unterwegs sind.

Unsere Gang macht schon was her! Aber da wir ja nix falsch machen, sind die, die uns bereits

kennen, fast alle immer sehr entspannt - wir sind
halt bloß groß und schwarz und zu dritt...

... wieso fast?

Beispiel:

Na, es gibt da ein Paar, was soll ich Euch sagen,
Leute - Spießer, echte Quadratspießer...einfach
hoffnungslos, tse tse tse.

Wir sind uns schon häufig begegnet, die beiden
sind so ca. 60-65 Jahre und von einer missmutigen
Grundstimmung - na dann lacht doch im Keller,
verdammt...

Wenn wir uns sehen, muss der Mann immer
vorgehen, während sie sich hinter ihm ganz klein
macht und beide gucken so richtig grummelig.

Ich schwör's - es ist nie was gewesen, die zwei sind
total langweilig und wir latschen immer locker an
denen vorbei. Okay, der Chef wird langsam müde
und bleibt schon mal länger stehen, um zu
schnüffeln, was die Konkurrenz so treibt. Aber
eigentlich laufen wir, ohne uns um die Experten zu
kümmern, einfach weiter und wenn wir dann so
20 Meter weg sind, nörgeln die hinter uns rum.
Jedes Mal, echt jedes Mal, aber wir ignorieren die
knallhart - haha...

…wahrscheinlich sitzen die sonntags in Ritterrüstung auf der Couch und gucken Tatort… zur Sicherheit - man kann ja nie wissen - he he he.

So, jetzt habe ich schon wieder viel gequatscht und muss irgendwie den Dreh zum Teufelskreis hinbekommen - ich starte einfach mal.

Das Leben ist ja leider geprägt von Missverständnissen - und da sind wir auch schon beim Teufelskreis.

Egal ob Geisterjäger, Covidianten, Spießer oder all die anderen, die sich auch schon vor März 2020 ganz mutig in der Natur rumgetrieben haben, alle können erleben, wie ein junger, unsicherer Hund etwas nervös einen Bogen um sie läuft. Er zeigt keine Aggressionen, er ist bloß unsicher, beobachtet und läuft diesen Bogen - der Bogen bedeutet:

Ich will keinen Stress, alles cool!!! Ich gucke bloß…

Aber die Wirkung ist scheinbar, was will der - greift der gleich an - wieso läuft der so einen Bogen und beobachtet uns? Dann passiert oft Folgendes: Ihr Menschen fangt an zu starren, werdet unter Umständen steif und atmet flach…

… bedeutet in der Hundesprache ganz klar:

Du bist gleich dran - jetzt gibt's Stress!

Das ist der Teufelskreis, den ich nahezu täglich erlebe und von dem ich einfach mal berichten wollte.

Ernsthaft, ich komme so gar nicht zur Ruhe und denke, boaaaah, wieso bloß sind hier so viele aggressive Menschen unterwegs???

Das steigert meine Unruhe und ich laufe meine Bögen drum herum und beobachte … es wird noch einige Monde dauern, bis ich mal kapiere, dass die meisten von Euch echt ganz ok sind ….

… wieder klingelt das Telefon hier im Studio und der Wunsch nach einem weiteren / anderen Beispiel zum besseren Verständnis wird geäußert – klaro, kommt gleich. Aber hey, das ist ne Radioshow, also zur Auflockerung erstmal ein Song von den Fugees, „Fu-Gee-La" heißt die Nummer und los geht die wilde Fahrt…

„…Wuff Wuff grrrrr, so klingt mein Rock und ich hab Bock!", yeah, die Nummer ist so heiß wie der Corona-Sommer!°

Soooo, nun zum Teufelskreis, die Zweite.

Einige von Euch bewegen sich ja auf Rädern fort und es gibt naturgemäß sowohl bei den Radlern als auch bei den Hundebesitzern echte Drecksäcke, davon soll aber hier gar nicht die Rede sein.

Folgendes Szenario möge das Dilemma verdeutlichen:

Stellt Euch einen Radfahrer vor, der mit ganz normaler Geschwindigkeit im Wald einen Weg lang fährt. Weiterhin ein Rudel großer, schwarzer Hunde, die so ihr Ding machen. Richtig, die Rede ist von der Gang. Chefchen und seine Frau, so gaaaanz gemütlich Dumdidum und ich wusele daneben drumherum...

Jeder, also der Radfahrer und die Gang, ist so auf seinen Wegen unterwegs und dann nähern sie sich der Weggabelung. Ich sehe den Radfahrer zuerst. Aber die sind harmlos, habe ich gelernt, zwar schneller als Fußgänger, aber genauso schnell auch wieder weg, wenn sie vorbeigefahren sind, also kein Problem... eigentlich!

Dieser spezielle Radler hat nämlich Angst vor Hunden, was natürlich keiner wissen kann.

Er bemerkt uns relativ spät und legt eine Vollbremsung hin, fällt fast auf den Schnabel.

Sowas ist natürlich hochdynamisch und gar nicht zu vergleichen mit den locker vorbei radelnden Menschen...

... die Reifen schliddern über den Waldboden und Steine spritzen durch die Gegend ...

und wir widmen genau deswegen dem Angstradler unsere ganze Aufmerksamkeit.

Da das abrupte Stehenbleiben samt der Schlidderaktion auch bedeuten könnte: „Jetzt greife ich an, ihr seid fällig!" knurren wir den Typen vorsichtshalber an, um ihm klar zu sagen:

„Besser nicht machen, wir sind wehrhaft! Fahr einfach weiter und alles ist gut!"

Aber der hat Angst und wird steif - gaaanz schlechte Ideee - das bedeutet doch Aggression! Und wieder schaukelt sich die Sache unnötig hoch...

... wir gehen dann am Radfahrer vorbei, der schafft es ne Minute später auch langsam wieder mit der Atmung zu beginnen - dabei könnte alles soooo locker sein ... locker bleiben ist die Mission, Leute, locker bleiben!

So viel also zum Teufelskreis und wie es sich für eine ordentliche Radioübertragung gehört, soll auch diese Folge mit Musik enden, Cindy Lauper - „True Colours" …

Euer Shelby verabschiedet sich und hält Euch weiter auf dem Laufenden, habt einen schönen Tag und freut Euch großen Schwarzen zu begegnen, wir sind eigentlich echt ganz nett ☺

Radio Shelby

Pawlow und seine Lehren

Ein wundervoller Tag, liebe Hörer und Fans von Radio Shelby, seid gegrüßt!

Mit Emiliane Torrini - „Jungle drum" geht's gleich mal zur Sache, ein Song der einfach Laune macht! Und los geht die wilde Fahrt …

…. Yeah, „… wie ne Dschungeltrommel, Rroo ka do ka do goong ka do ka roo ka doong doong", soooo - dass war´s dann für heute - Zunge gebrochen, kann man gar nix machen!

Nee, Quatsch, sooo leicht bin ich dann doch nicht tot zu kriegen … Mann, Mann, Mann, was für ein Text - wer denkt sich so was bloß aus???

Egal, zum Thema, Leute - ich gehe übrigens davon aus, dass alle haben Abitur haben und / oder Pawlow kennen, sonst geht hier nämlich später der Witz flöten, he he.

Es ist sonnig und mit 14 Grad nahezu ideal temperiert, wir sind auf unserer Hausrunde unterwegs. Es ist 11 Uhr, wir sind an der guten alten „Saubrücke" gestartet, wegen dem Chef - der baut mit seinen 13,4 Jahren langsam ab - sind wir recht gemütlich unterwegs und ich kann mir in Ruhe die Gegend angucken.

Da kommt uns ein Zweibeiner mit einem Kollegen entgegen, konkret, eine junge Golden Retriever Hündin. Die Arme ist an einer kurzen Leine und kann ihren Bewegungsdrang gar nicht ausleben, tse tse tse.

Als wir so auf gleicher Höhe sind, versucht Josie, das Mädel zu begrüßen und ich gucke auch schon neugierig…doch der Zweibeiner zieht die durchaus interessierte Hündin weg??

Er nimmt sie ganz kurz und sagt in einem Tonfall, der jedem Ostwestfalen zu Ruhm und Ehre gereichen würde - Achtung! :

„W-I-L-D-E ….H-U-M-M-E-L………N-E-I-N"

??????????????????????????????????????

Was der Quatsch denn soll, fragen wir uns alle? Hunde die sich nett beschnuppern sind doch das normalste der Welt!

Und gerade junge Hunde müssen doch ihre Welt kennenlernen, genauso wie Tierschutzhunde übrigens auch, Mann, Mann, Mann, schlimm, so was!

Wir gehen weiter und ich schaue mir den Zweibeiner an. Mhm, er hat kein Fell auf'm Kopf! Vielleicht sind ja Zweibeiner ohne Fell merkwürdig, aber die arme Hummel muss das jetzt ausbaden, ungerecht.

Na ja, weiter geht's auf der Runde, das Revier muss schließlich gesichert werden. Jahaaa… zum Glück fängt mit uns auch keiner Streit an, weil die Gang einfach Eindruck macht - das macht es leicht für mich.

Was ist denn da vorne los? Ich gucke neugierig und sehe eine Frau mittleren Alters.

Vor ihr sitzt ein Hundekumpel strubbeliger Art, Rasse unbekannt, und schaut zu ihr hoch. Sie redet auf ihn ein, er guckt freundlich und sie redet und redet und redet und….ist irgendwann fertig.

Ich habe ein riesiges Fragezeichen über dem Kopf, Leute, so lange kann kein Hund der Welt zuhören - öhm - Quatsch!

Zuhören natürlich schon, aber verstehen können wir so nix, gar nix, doppelt nix!!!

Mhm, jetzt bekommt mein Kumpel einen Keks, wieso bloß???

Öhm, während ich so grübele ist Mr. President dran, „Coco Jumbo", Leute, und los geht's …

…."…Ayyaya Pastor Shelby …Ayyaya!"… yeah, was für ein Tag!

Was soll das heißen, schwieriger Text? Nach „Rukken Tukken Ruka To Gong Pong" iss gar nix mehr zu schwer, sag ich Euch, ha ha ha.

Ihr Zweibeiner seid echt Hammer!

Aber zurück zu meinem bemitleidenswerten strubbeligen Artgenossen. Auch nach ein paar Minuten Bedenkzeit verstehe ich beim besten Willen nicht, was passiert ist.

Da wir aber die Runde in entgegen gesetzten Richtungen laufen, begegnen wir uns nach ca. 20 Minuten erneut und ich quatsche den „Strubbel" einfach an:

„Hey Kumpel, was war das denn vorhin? Kannst Du wirklich so lange zuhören? Kann ich eigentlich nicht glauben, erzähl mal, Junge!"

Der Strubbel grinst schelmisch und meint Folgendes:

„Och, das ist viel einfacher, als Du denkst!

Zwei Dinge sind wichtig. Erstens musst Du wissen - Mein Frauchen ist Lehrerin!

Während normale Zweibeiner bereits kompliziert sind, sind die nochmal zusätzlich sehr speziell. Wenn ich angeblich was falsch gemacht habe, beleuchtet sie das Vergehen aus zwei Blickwinkeln und zeigt mir anschließend mindestens drei Handlungsalternativen auf. Dass ist es bestimmt, was Du beobachtet hast, oder!?

Natürlich hast Du recht, wenn Du sagst, dass ich so nicht aufnahmefähig bin.

Aber da ich schlau bin, habe ich unter anderem Pawlow gelesen. Tja Junge, jetzt guckste - was?

Es ist nämlich so; Pawlow ist Verhaltensforscher gewesen und mit seiner Hilfe komme ich an die Kekse. Wenn ich einen will, mache ich einfach absichtlich was falsch, *he he. Danach muss ich bloß 5 Minuten freundlich gucken und dann gibt's den Keks! Tadaaa, he he he.

Völlig egal, was da dann erzählt wird - für Kekse muss man halt schon mal Opfer bringen *grins.

„Wow" sage ich, „danke Strubbel, bist ja echt ein cleveres Kerlchen! Danke für die Erklärung und bis demnächst."

Wir ziehen weiter und mehr sollte heute dann auch nicht passieren.

Euer Shelby verabschiedet sich mit Lou Bega – „Mambo Nr.5", es ist einfach Gute-Laune-Tag!!!

„Eins, zwei, sieben oder drei …"

Kleines Einmaleins, ist einfach nicht meins, good bye.

Radio Shelby

Spießer

Sooo, daaaaa isser wieder - der coolste Jungrüde der Welt sagt Hallo zu allen Zwei - und Vierbeinern!

Wobei die Aufrechtläufer und Geisterjäger doch zuweilen skurrile Sachen anstellen *ha ha!

Ja Leute - „Spießer" - heißt die heutige Folge und wird die Liste der ungelösten Rätsel erweitern. Aber wie gewohnt geht's musikalisch los, diesmal mit einer nicht ganz taufrischen Band - „Animotion" mit dem Song „I engineer" prickeln aus der Konserve los ...das rockt immer noch gewaltig!

„Komm mir nicht quer, ich bin Ingenieur, ja wer mir quer kommt der hat's schwer...", wenn dass mal keine gute Version des Textes ist dann weiß ich auch nicht; Yeah.

Zurück zum Thema! Wobei zurück eigentlich falsch ist, wir starten ja gerade erst - egal.

Leute, Leute, einfach so rumrennen und Geister jagen „ di di dieee diee die di di, Geisterjäger!", *ha ha und sie rennen immer noch. Aber daran habe ich mich inzwischen gewöhnt!

Bloß die Ängstlichen machen noch Kummer, weil ich die gelegentlich anbrummen muss, wenn die so rennen und dann abrupt stehen bleiben vor uns. Da kööööönte ja ein Angriff bevorstehen…also lauft lieber einfach weiter – Teufelskreis, oh Teufelskreis, tse tse tse.

Na ja, wenn's bloß das wäre, kämen wir ja schon sehr gut aus. Aber einige schießen den Vogel echt ab. Verrückt seid Ihr Zweibeiner - echt verrückt!

Wieso? Ganz einfach, Achtung - Beschreibungen eines sehr, sehr seltsamen Verhaltens, durch die Augen eines sehr, sehr verwirrten Hundes, folgen:

Menschen, die gekleidet sind wie Geisterjäger, sich aber langsamer fortbewegen und dabei abwechselnd links und rechts und links und rechts und links und rechts …

…. einen Spieß in die Erde rammen!?!?

Aber die machen das falsch, denn der Spieß bleibt nicht stecken!

Überhaupt wäre es viel leichter abseits des Weges, wo der Boden nicht so hart ist, aber nein - nix da! Links rein, rechts rein, links rein, rechts rein - öhm - falsch.

Neue Beschreibung, diesmal richtig!

Links rein und raus und rechts rein und raus und links rein und raus und rechts rein und raus und links rein und ….

… Boahaaa, mir wird ganz schwindelig beim Zugucken….was zur Hölle tut Ihr da???

Vielleicht hat ja einer meiner Hörer einen Plan, eine Idee - das wäre klasse!

Ruft an, die Leitungen sind frei und wir machen ne Liveschalte, also - wer möchte Teil der Sendung sein und einen Tipp geben? Meldet Euch!!!

Zu meiner Beruhigung, ich muss mich echt mal wieder sortieren, erstmal wieder etwas Mucke. Mhm, Snap – „Rhythm is a dancer" - rhythmisch sind die Bewegungen ja *he he.

Ok Leute, bis gleich dann, ich zieh mir ne Coke und warte gleich am Draht auf Euch.

„…wir hippen und hoppen, rappen wie die Deppen, oh oh oh oh", ja Mann - das sind echt *good vibes,* die Pause hat gut getan und die Coke erst. Ich weiß ja nicht wie es Euch geht, aber die kleinen 0,33er Glasflaschen mit der original Brause - also nix Cherry oder so'n Mist - ist einfach mit Abstand die Beste!

Und da ist auch schon der erste Hörer am Draht, glucks glucks glucks - schnell noch ein Schluck aus der Pulle…

„Pastor Shelby hier, der coolste Jungrüde der Welt - mit wem habe ich das Vergnügen?"

„Hey Shelby, der Max hier - klasse, dass ich durchgekommen bin, erst mal ein Kompliment zu der lustigen Show - wir haben da viel Spaß mit!"

„Danke, Max, danke! Und, erzähl - warum nur stecken die Zweibeiner abwechselnd Spieße in den Boden??? Und links und rechts und links …."

„Tja, über dieses Problem habe ich mir genauso den Kopf zerbrochen wie Du. Eigentlich kann ich mir bloß vorstellen, dass die Menschen Mäuse jagen. Du weißt schon, diese kleinen grauen Biester, die in der Erde leben und eigentlich sehr schmackhaft sind…wenn die bloß nicht so klein wären …"

„Dein Ernst, Max? Ich habe noch nie gesehen, dass einer eine gefangen hat!"

*„Na ja, die jagen ja auch Geister, wie Du weißt *lach. Ernsthaft, wenn die Mäuse dicht unter der Oberfläche leben, könnte man den Spieß in die Erde rammen und eine aufspießen, Schaschlik eben - meinste nicht?"*

„Mhm, ok - das wäre zumindest mal ein Ansatz. Aber die stoßen die Spieße ja nicht kräftig genug rein - meistens dringen die überhaupt nicht ein. Außerdem leben die Mäuse meistens auch seitlich der Wege, da ist der Boden viel weicher und da kann man die ausbuddeln - öhm - oder wahlweise aufspießen. Auf den Wegen macht das meiner Meinung nach wenig Sinn, oder?"

„Shelby, oh Shelby, den Versuch, die Menschen zu verstehen, habe ich bereits vor langer Zeit aufgegeben. Sie sind nett zu uns, meistens jedenfalls, ich weiß, was ich zu tun habe, um sie glücklich zu machen und dann gibt's Kekse - reicht mir! Außerdem, mal ehrlich - wenn die uns jetzt noch Konkurrenz machen bei der Mäusejagd, müssen wir auf Karnickel oder so umsteigen - die sind viel schwerer zu fangen!

*Ich jedenfalls werde den „Spießern" nicht erklären, was sie tun müssen, um sich selbst ein Schaschlik bauen zu können *he he."*

„Ok Max, danke für Deinen Beitrag. Auf jeden Fall biste ein cleveres Kerlchen, wie mir scheint *hehe. Hab einen schönen Tag und bis dann mal!"

Tja Leute, es wird Zeit für einen Song und an dieser Stelle kann nur einer der Richtige sein. Ein Lied der Fantastischen Vier, gesungen von einem, der verstanden hat, wie mir scheint …

… Herbert „Herbie" Grönemeyer weiß nämlich:

Es ist nicht so einfach, wie es sein könnte!

Und ab geht der Song!

Antworten haben also weder die Fantas noch Herbie und ich immer noch ein Fragezeichen überm Kopf.

So sieht's aus Leute, so sieht's leider aus, obwohl mir der Vorschlag mit den Schaschlikspießen Appetit macht, *hehehe

Zur Abwechselung mal eine Hörerin, die sich zur Sache äußern möchte - also direkt auf den Äther:

„Hey Airie, willkommen im Shelbyversum, stell Dich doch erst mal kurz vor"

*Hi Shelby - alter Möchtegern-Dobermann *hihi, ich bin eine fünfjährige Colliedame und ein großer Fan von Dir!"*

Ganz schön kess, die Kleine, hoffentlich hat die Redaktion die Daten richtig erfasst *hehe.

Aber Moment mal, der Moderator ist doch hier für die Sprüche zuständig, dass kann heiter werden…

„Howdy, Airie, Du legst ja gleich mal los - danke für's Kompliment! Ich werde Dir ein Autogramm zukommen lassen… was denkst Du denn über diese merkwürdige Aktion mit den Spießen? Und links rein-raus und rechts rein-raus und links rein-raus und rechts …"

„Tja, zunächst mal finde ich die Idee mit dem Mäuseschaschlik echt klasse. Gebt Bescheid, wenn die Party steigt! Allerdings denke ich, Max liegt falsch. Wie ihr ja selbst festgestellt habt, wäre das ein höchst untauglicher Versuch. Ich glaube vielmehr die Aktion soll eine innere Haltung symbolisieren!"

„? Öhm, Was? Also Airie, ich habe ein dickes Fragezeichen über dem Kopf! Bitte erkläre das so, dass ein einfach gestrickter Radiomoderator es verstehen kann …"

„Ha ha, habe auch nicht erwartet, dass das sofort verstanden wird. Ich darf mal aus Wikipedia zitieren: Als „Spießer" wird eine engstirnige Person

bezeichnet, die sich durch geistige Unbeweglichkeit und Konformität auszeichnet...

Als großer Schwarzer kennste doch bestimmt die folgende Situation: Ihr lauft ohne Leine rum, was übrigens auf Waldwegen meistens total regelkonform ist! Trotzdem haben einige Leute es nötig, was von Leinenpflicht zu nörgeln, weil die das nämlich mal irgendwo gehört haben und Regeln sind einzuhalten!!! Dabei habt ihr weder rechtlich noch tatsächlich was falsch gemacht, Spießer sind nämlich soooo laaaaangweilig - die lässt man einfach links oder rechts liegen *he he he.

Und einige drücken eben diese Haltung durch die mitgeführten Spieße aus und verstärken dies dadurch, dass sie die Spieße rhythmisch wechselnd in den Boden stecken. Quadratspießer eben. Für die ist Freiheit nun mal beängstigend - und weil sie selbst nicht frei sind dürfen andere es auch nicht sein ... traurig, aber meiner Ansicht nach wahr!"

„Wow, jetzt wird's aber philosophisch *ha ha ha - aber die Erklärung hat was! Typisch Deutsch halt... ok ok, es gibt positive Ausnahmen - sogar viele, hoffe, das rettet mich.

Aber so ist das eben bei Liveshows, nix zu beschönigen und einhundert Prozent echt!

Danke für Deinen Beitrag, hätte gar nicht gedacht, dass man das Thema so ausschlachten kann - aber jetzt erst mal wieder was auf die Ohren, Leute.

Da mein Kopf etwas strapaziert worden ist, jetzt einfach ne gute Rocknummer „Strange Kind of Woman", yeah - Deep Purple wird die Gehirnwindungen gerade rocken, Leute.

Für heute soll es das gewesen sein. In der nächsten Show werden wir das Thema auf Grund der zahlreichen Anrufe nochmal aufgreifen… also Leute, bleibt bissig *hehehe.

…nee Quatsch, nur Spaß!!! Ab geht der Song

„Da war ein mal ein Mädchen, ein sonderbares Mädchen…"

Radio Shelby

Bittere Realität(en)

Sauer Leute, richtig sauer bin ich! ... seid dennoch erst mal gegrüßt.

Wir sind ganz lässig auf der Morgenrunde, da kommt uns ein Globus mit einer jungen Huskydame entgegen. Eigentlich alles gut, aber als wir versuchen uns freundlich zu begrüßen zieht der Globus sie weg und herrscht sie an: „Du sollst kacken und nicht spielen! ...".

Kacken und nicht spielen?!?! Eine junge, neugierige Hündin mit Bewegungsdrang?

Boah Alter, für Dich und zu meiner Beruhigung die Begrüßungsmusik von damals, ihr wisst schon - manchmal hilft eben nur Kataklysm! Speziell für Dich Globus:

"Let them Burn"

„...brennen, Deine Fürze sollen brennen!!!"

So Leute, mir geht's besser und einen Rat noch an den Globus:

Kauf Dir einfach einen Goldfisch und setzt Dich mit Bier und Chips auf die Couch, dann kannst Du die

Vergrößerung des Äquators betreiben, ohne dass deswegen jemand leiden muss, Du „Piep"…"piep, piep pieeeep" (die Redaktion hat nicht Jugendfreies weg gepiept) „Piep pieeep".

Nun zu einer anderen bitteren Realität, Leute. Ich, der wahrscheinlich coolste Jungrüde der Welt, bin jetzt fünf Monate hier und muss, öhm, gestehen, ähm, dass ich ….wie soll ich sagen …

… alles andere als cool bin *seufz…

Hier im Studio, nur nette bekannte Leute, Türen nach draußen geschlossen, yeah …

… hier ist cool sein sooo leicht.

Aber wenn die Tür aufgeht und dann auch noch jemand reinkommt … ist es schnell vorbei mit der Herrlichkeit. Die beiden „Alten" gehen auf jeden Besucher direkt zu und gucken sich den an; zuerst wird gebellt und geknurrt und wenn der Besuch nach Begutachtung (der Mensch darf mitentscheiden, na klar) willkommen ist, lässt man sich streicheln und verwöhnen.

Ich dagegen bleibe in der zweiten Reihe und brumme unsicher weiter rum, denn ich bin einfach sehr, sehr misstrauisch bei Menschen!

Bevor ich jemandem traue, dauert es. So ist es halt, wenn man eine Vergangenheit hat.

Nach **der** Beichte erst mal einen Song, Rosenstolz - „Gib mir Sonne", danach geht's weiter mit den Lebenswahrheiten…aber es geht bergauf, Leute, ehrlich, keine Sorge also.

Und mit jedem Tag, der die Sonne im Herzen scheinen lässt, geht's mir echt besser.

Tja liebe Leute, es wird tatsächlich bunter. Mit meinen vierbeinigen Artgenossen kann ich inzwischen wirklich gut kommunizieren, ein Problem weniger!

Das war manchmal schon brenzlig, wenn ich aus Unsicherheit steif wurde und andere Rüden provoziert habe. Ist aber alles kein Problem mehr. Bloß wenn ich angespielt werde, verstehe ich das noch nicht. Halb so wild, kriege ich schon noch hin…

… aber die vielen Menschen - wieso muss ausgerechnet jetzt Covid die Menschen in die Natur treiben, wenn ich das Leben kennenlerne, das ist doch nicht fair.

Wie meinen, das Leben sei nun mal nicht fair?

Mhm, nöh, eigentlich habe ich es hier gut getroffen!

Viel Zuneigung, aber auch Konsequenz von einem Hunde-erfahrenen Menschen, alte sichere Pastoren, an denen ich mich orientieren kann - eigentlich alles tippi toppi.

Naturgemäß sind der Chef und ich nicht die besten Kumpels, aber ich gebe ihm keinen Anlass für Streit und lasse ihm gerne die Alpharolle - schließlich habe ich genug damit zu tun, die Menschen kennen und verstehen zu lernen.

Leider wird der Chef aber langsam alt und die Sinne lassen nach.

Hören, also nicht im Sinne von Sturkopf, sondern wirklich akustisch gemeint, kann er schon länger nicht mehr. Er guckt gelegentlich, was Josie treibt und orientiert sich an ihr, während ich so nebenbei mitlaufe. Noch sehr aufgeregt links - rechts - vorne - hinten, irgendwie überall, noch etwas verloren, aber doch neugierig immer dabei, na ja, fast jedenfalls.

Die zweite Reihe hat eben auch was!

Gestern Nacht bin ich dann aber notgedrungen Hauptdarsteller geworden.

Eigentlich passiert nachts nicht viel, aber gestern hat der „Alte" irgendwann Durst bekommen und wollte zum Napf. Da er aber auch nicht mehr so gut gucken kann, ist er über mich gefallen und hat beschlossen, ich hätte ihm Beinchen gestellt. Es gab ein kurzes Gemenge, bei dem ich ihn leicht verletzt habe. Verdammt ich, will das doch gar nicht... und wir standen uns notgedrungen dicht, scharf knurrend, gegenüber...

... dann war auch schnell unser Mensch da und ist dazwischen.

Puh, Stress, ich will doch keinen Streit - wenn ich muss, gehe ich aber bereits nach vorne. Hoffe, das beruhigt sich - jedenfalls ist jetzt nachts immer eine kleine Lampe an ...

Tja Leute, wer bislang dachte, Pastoren sind soooo tolle lieeeebe Knuddelbären, dem sei eindringlich gesagt: Nix da! Wir können ganz anders und wenn die Zeichen auf Sturm stehen - dann bricht die Hölle los!

Wer es nicht glauben mag, frage mal bei den Knaben nach ...

... mhm, böse meinen Sie? Nee nee, ich bin bloß der Moderator und kann nix dafür !

Okay, dann erst mal Musik - „Ihr Kinderlein kommet" von Christoph …

… ruhig Blut, war bloß ein kleiner Pastoren-Scherz *ha ha ha.

Damit sich jetzt wirklich alle etwas abkühlen Musik von ZZ Top. Extra für Dich, Chef - denn Du bist der wahre „Rough Boy"

„…mir sehr egal, was Ihr so denkt …!"

Yep, so möchte ich auch mal werden, alter Junge. Bist ein guter Lehrmeister und T'schuldigung für heute Nacht, aber es ging nicht anders…

Jetzt aber genug gebeichtet, schütteln und gut iss!

Alle wieder im Bilde über die Realität und ich zurück im Studio, wo die Redaktion noch eine Meinung zum Thema „Spießer" rein bekommen hat. Nee falsch, es kommen viele Anrufe, aber einer soll besonders wertvoll sein – Urs, der Schwiezer - hoffentlich verstehe ich den, der Akzent ist bisweilen heftig.

„Hallo Urs, Pastor Shelby hier und Du bist ab jetzt live auf Sendung. Stell Dich bitte kurz vor, danach reden wir über Spießer".

„Grützi Shelby, ich rufe aus der Schweiz an und bin ein Appenzeller. Ich habe als Homo-Sapientologe aus meiner Erfahrung und der Forschung viel über Menschen gelernt. Daher denke ich, dieses zugegeben merkwürdige Verhalten der „Bünzlis", wie wir hier sagen, erklären zu können."

„Da bin ich gespannt, mein Lieber, erstmal schön, dass Du Dich gemeldet hast. Übrigens ist es hier kein Problem, dass Du ein Homo bist. Ich habe persönlich um regenbogenfarbene Näpfe gebeten - wir sind weltoffen!

Nachher gibt's zwar ein Zigeunerschnitzel, aber bloß weil's lecker ist - wir haben nix gegen irgendwen - machen uns aber auch nicht jede esoterische Weltverbesserungsrhetorik zueigen.

Bünzli klingt schon mal echt lustig, öhm, aber was zum Geier ist denn ein Sapientologe?"

Urs seufzt:

„Ach Shelby, von Dir könnte ja selbst der Fürst der Finsternis noch ne Menge lernen!

Ich bin nicht homosexuell, Homo Sapiens ist einfach die wissenschaftlich korrekte Bezeichnung für die Zweibeiner und ich erforsche sie schon seit vielen Jahren.

Zugegeben sind es, im Vergleich zu Hunden, sehr komplexe Wesen, die nicht immer leicht zu verstehen sind. Die Angelegenheit mit den Stöcken ist aber letztlich nur eine Steigerung des „Geister jagens", oder vereinfacht gesagt - Körperertüchtigung.

Einige Menschen spielen mit mehreren Spiele, andere laufen in der Natur herum und wer es auf die Spitze treibt, rammt zur Ertüchtigung des Oberkörpers eben auch Stöcke in den Boden. So einfach ist das, obwohl auch mir Mäusespieße gefallen würden."

„ Wow, danke erstmal, was für ein schönes Kompliment! Die Erklärung klingt logisch, vielen Dank dafür und vielleicht darf ich mich in Zukunft ja mal melden, wenn wieder etwas unklar ist?

Die Redaktion wird Deine Daten aufnehmen und ich verabschiede mich mit …. na klar, Musik."

Tja Leute das war's mal wieder und mit dem wundervollen Song „From a distance", interpretiert von Ian Bruce, lassen wir es heute ausklingen. Bis dann, Leute, Euer Shelby wünscht einen schönen Tag!

„...von weitem siehst Du wie ein Freund aus, obwohl wir leider Krieg haben...“

Radio Shelby

Hinter dem Regenbogen

Ein freundliches Halli Hallo, liebe Hörer und einen guten Start in den Tag wünscht, na klar, der coolste Radiomoderator der Welt.

Tja Leute, die kleine Morgenrunde ohne Vorkommnisse gedreht und jetzt geht's im Auto wohin auch immer … ah jetzt ja, Tierarzt. Nee, sooo schlimm ist das gar nicht - mir ist da noch nichts Schlimmes passiert und zack, parken wir auch schon ein. Schöneres gibt's dennoch!

Der „Chef" muss mit, ich darf mit Josie im Auto bleiben - also nochmal Glück gehabt. Nach ein paar Minuten fahren wir auch schon wieder los.

Scheinbar machen wir direkt noch ne Gassi-Runde hintendran, yipieee yeah, aber Moment mal - wo ist der Chef?

Wir gucken zum Auto …nein, kein Chef. Und mein Mensch geht los. Mhm, na gut, dann holen wir den bestimmt später wieder ab.

Sinead O'Connor mit „Nothing compares to you" eröffnet die musikalische Begleitung, liebe Leute. Bis gleich …

„…was soll ich ohne Liebe denn bloß tun…", ach Leute - sehr schön, aber auch sooooo traurig.

Und ich, mhm, so ohne den Chef ist die Runde ja schon irgendwie anders. Bislang lief ich einfach mit und so rum… Und nun? Alpharüde, nee - kann ich nicht. Na ja, wir holen den brummeligen Knochen ja bestimmt später wieder ab. Dann ist wieder alles beim Alten, im wahrsten Sinne des Wortes, alles wie gehabt.

Zum Glück ist auch die zweite Runde ereignislos, ab ins Auto und nach Hause. Wir steigen aus, der Chef fehlt immer noch, fällt mir auf. Wir suchen und warten, aber nix passiert - kein Chef kommt aus dem Auto oder wartet schon zuhause.

Langsam kann ich auch fühlen, dass eine merkwürdige Stimmung herrscht. Es wird ganze zwei Tage dauern, in denen ich den Alten noch suche und vergeblich auf die Rückkehr warte.

Jedes Mal, wenn wir aus dem Auto steigen, immer wenn wir nach Hause kommen und erst recht, wenn wir unsere Runden drehen … Du fehlst mir, alter Kumpel!!!

Nachdem mir jetzt klar ist, dass er nie mehr zurückkehren wird, dämmert mir gleichzeitig meine neue Position - Alpha… verdammt. Will ich nich und kann ich auch noch gar nicht. Und nun?

Mit Musik ist doch vieles leichter. Also zum Durchatmen erst mal wieder was auf die Ohren und ich überlege mal, was da jetzt so auf mich zurollt.

Alphaville mit „Forever Young", und ab geht der Song.

„….der Himmel muss warten, die Sterne sind toll…", ach ja, Leute zurollen ist falsch, überrollt werde ich von und mit der neuen Rolle. Meine Unsicherheit steigert sich und auf dem Weg zum stolzen Alphamann fange ich an, in die Hütte zu pieseln. Hab ich vorher nie gemacht, aber irgendwohin muss ich mit meiner Unsicherheit. Das bedeutet, alles, wirklich alles aus Leder wird zernagt. Halsbänder, ich bin sowieso gegen Leinenpflicht *haha. Das Holster von meinem Menschen. Sie wissen nicht, was ein Holster ist?

Da kann man Waffen reinstecken, oder eben drauf rumkauen - gute Qualität, Leute, ehrlich, allerdings glaube ich trotzdem nicht, dass ich ein zweites bekomme *ha ha.

Tja, und draußen versuche ich vorsichtig, Alpha zu sein. Ein langer Prozess, der mich fordert. Hundesprache habe ich ja inzwischen gelernt, körperlich bin ich auch durchaus imposant geworden. 43 Kilos in „Möchtegern-

Dobermanoptik" macht schon mehr her als die 34, mit denen ich kam. Aber der Kopf, der verdammte, der macht noch nicht so ganz mit. Insbesondere den Menschen begegne ich vorsichtig, nur mein neues Paradies wird konsequent bewacht! Das mache ich stimmgewaltig und mein Mensch beruhigt mich des Öfteren. So ist es nun mal im Leben, die Dinge brauchen ihre Zeit und ich brauche mal einen echten Mutmach-Song:

Survivor mit dem „Burning Heart", dass habe ich nämlich, Leute, dass habe ich wie alle Pastoren.

„...das Herz eines Kriegers, gibt niemals auf!", so nämlich - niemals aufgeben heißt die Devise.

An dieser Stelle auch mal ein Kompliment an meinen Menschen. Egal, ob ich in oder vielmehr an die Küche schiffe oder Qualitätsholster fresse, es wird nicht geschimpft. Natürlich sieht Begeisterung auch anders aus, klaro! Scheinbar ist er sich aber meiner Unsicherheit bewusst und dementsprechend stärkt er mich, anstatt mich mit Strafen zu überziehen, die alles bloß verschlimmern würden. Da ich mich nicht ständig wiederholen möchte, ziehe ich hier mal einen Schlussstrich unter das Kapitel: Wie werde ich ein großer und mächtiger Alpharüde. Es sei nur kurz erwähnt, dass dieser Prozess sich Monate hinzieht. Teilweise ist es auch mit Rückschlägen verbunden. Zum Beispiel habe ich beschlossen: Als Alphamann gehört die Couch jetzt mir und das Brett darauf muss runter. Bereits der Versuch, es runter zu schubsen, wurde mit einem energischen „**Nein!**" geahndet. Na gut, denke ich, mache ich es eben heimlich, wenn keiner zuguckt. So sind wir Mallorquiner eben *he he….aber ich werde erwischt und es gibt jetzt eins auf'n Helm. Mist, das Brett ist übrigens eine Gibson, nur damit hier Klarheit über die Besonderheit des Brettes herrscht.

Und ich habe wieder volle Klarheit über die B-Alphastellung. Zeit für Musik, damit lassen wir es heute ausklingen und die nächste Show gehört Josie, die hat nämlich so einige Erinnerungen, die sie erzählen möchte. Als Eingeweihter kann ich schon jetzt sagen - das ist verdammt guter Stoff!

Für Euch, liebe Leute, hauen Rammstein in die Saiten, „Engel" heißt der Song. Na, noch jemand Fragen in Bezug auf meine Zielsetzung *haha… Euer Shelby verabschiedet sich in der Gewissheit, Engel und Teufel sind beide stark in mir ...

Shadow

Geliebter Freund mein, besserer Schatten

Hab Dank für, was wir gemeinsam hatten

Wenn nichts mehr ging gingst einfach Du weiter
Warst der bedingungslos treue Begleiter

So viele Jahre zusammen vereint
Unglaublich,, einfach, doch tief berührt

War schließlich dann zu groß die Pein
Hab mit Liebe Dich, zum Licht geführt

Du warst der Beste!

Bernd Siemoneit

Radio Shelby

Erinnerungen

Guten Morgen Leute,

da die Stimmung gedrückt ist, werde ich gar nicht erst versuchen auf „Gute Laune" zu machen.

Aber das Leben, und so muss es auch sein, geht eben weiter. Heute wird Euch die liebe Josie von vergangenen Episoden berichten und die werden durchaus nochmal verdeutlichen, welch großartige Fußhupe der alte Knochen war. Ich sage an dieser Stelle danke, dass ich vom Besten lernen durfte und übergebe einfach an Dich - Josie.

Zunächst mal starten wir aber mit Shaggy - „Mr. Boombastic" oder einfach Shadow...

Mit diesem Song verneige ich mich vor Deinem Schatten, Yeah, so altes Mädchen - jetzt bist Du dran.

Danke Shelby!

Erstmal grüße ich alle Zuhörer, ja klaro - auch die weiblichen.

Sieben tolle Jahre hatte ich mit Shadow an meiner Seite. Als ich ankam, war ich soooo eingeschüchtert und ängstlich, dass er mich erst mal langweilig fand und links liegen gelassen hat. Tse, nicht gerade Gentleman-like, so war er halt.

Nach ein paar Wochen aber änderte sich das und schließlich wurden wir ein echtes Traumpaar. Bei Spaßkämpfen haben wir uns auf der Hausrunde im Acker gewälzt. Gut, ich habe fast immer verloren … aber es war herrlich. Und die Stöckchen, die wir uns suchten, waren meistens mehr so Äste, die wir dann zusammen durch die Gegend schleppten und daran rum zerrten. Wildes Knurren dabei und fertig war der große schwarze Doppelschreck!

Herrje, bloß nix Falsches denken, bitte!

*Wir waren nie, ehrlich nie, grundlos aggressiv oder böse. Unser neues Paradies, klar, das wurde verteidigt und der eine oder andere Bote stellte das Paket einfach vor der Tür ab, statt rein zu kommen. Das ist heute übrigens auch noch so *grins*

…sie haben alle unbeschadet überlebt und einer, der hat immer Hundekekse dabei, der war echt töfte und wurde sogar freudig begrüßt.

Allerdings konnte der Alte auch ganz anders, wenn er musste!

Auf unserer Stammrunde haben wir selten, aber immer ungern eine Frau und ihre Leonberger getroffen. Insbesondere der Leitrüde hat andere Hunde gejagt und grundlos angemacht.

Zum Glück sind die sehr lahmarschig...passiert ist deswegen meistens nix.

Als der Leo es dann bei mir versucht hat, hätte er besser an den Alten denken sollen. Zu der Zeit war der gute Junge im besten Alter und hat sich vor dem Gegner aufgebaut. Er hat ihm unmissverständlich gedroht und ihn von mir fern gehalten. Der Leo hatte ein Fragezeichen über dem Kopf, dass war riesig. Er war 20 Kilo schwerer und insgesamt waren da noch vier weitere in einiger Entfernung, aber so was hat meinen Shadow nicht interessiert.

Er hat mich um jeden Preis beschützt und das Gehirn des Leos ratterte...dem hatte wohl niemand auf die Festplatte programmiert, dass es kleinere, leichtere Hunde gibt, die auch richtig was auf'm Kasten haben können. Er wurde unsicher und schließlich ist er abgetrabt.

Da war ich gerade mal ein paar Monate da und noch sehr unsicher, aber sehr, sehr dankbar, diesen Hund an meiner Seite zu haben. Ach ja, Shelby, große Fußstapfen, in die Du irgendwann treten sollst.

Öhm, ich wollte sowieso gerade einen Song spielen, Nelly Furtado - „Why do all good things" verschafft mir etwas Zeit.

Schöne Melancholie, während meine Welt in Trauer zerfällt. Aber ich versuche gar nicht, in diese Stapfen zu treten - ich muss meine eigenen Abdrücke erschaffen, Josie, meine eigenen Wege gehen. Wir werden sehen, wo uns die so überall hinführen…Du wirst dabei sein und bist jetzt wieder dran!

*Da ist was dran, mein Kleiner, ich bin gespannt. Jetzt wieder zurück in die Vergangenheit. Ich erinnere mich an die Baustellenzeit, da waren wochenlang jeden Tag Bauarbeiter, die, wenn's ne Pause brauchte, gerne mit uns gespielt haben. Zum Ärger des Poliers haben die immer Handschuhe statt Stöckchen geworfen. Sie fragen sich, wo das Problem ist? *Ha*

*Ein Pastor Mallorquin erlegt seine Beute, er bringt sie nicht zurück! *he he he*

Die haben so viele Handschuhe gebraucht wie nie zuvor und vor Shadow war sowieso gar nix sicher. Einmal hat er dem Arbeiter beim Flexen über die Schulter geguckt, der hat sich sowas von erschrocken als er den Kopf drehte, in das freundliche Hundegesicht guckt und den Atem an der Wange spürte. Da mussten dann auch wieder alle lachen.

Erneut Pause und dann, dann hat der Alte den Vogel abgeschossen.

Folgendes Szenario:

Heinz kommt den Treppenaufgang vom Keller hoch und Shadow steht schon auf der Hälfte der Strecke am Rand, um ihn zu erwarten.

Geländer gab es keins, war ja Baustelle und als der Kopf bzw. die Glatze auf Höhe des Sockels war, hat er satt drüber geleckt. Vor lauter Lachen haben die Jungs 10 Minuten nix mehr geschafft ... bestimmt nicht die schnellste, aber die lustigste Baustelle war das, ganz sicher!

Komm Kleiner, sag den nächsten Song an, ich brauche eine Pause.

Wow, der hat ja echt vor gar nix Schiss gehabt, Respekt!

Alanna Myles – „Black Velvet", Leute - wird dem Jungen ansatzweise gerecht.

„...seine Anmut, die bringt mich aufs Knie..."

Mensch Shelby, mir fällt gerade ein, dass ich noch gar nix vom dicken Perser erzählt habe.

*Das darf auf keinen Fall fehlen, unser Lieblingsspielkamerad war das * he he*

Na dann los, Josie, für alle zum Verständnis Folgendes:

Wir leben hier am Ende einer Sackgasse, davon gibt es mehrere, die parallel verlaufen. Zwischen den Straßen gibt es die typischen Reihenhäuser mit Wiese davor und ein paar Bäumen und Büschen. Jetzt los, Josie, Feuer frei!

Okay, wie sich wahrscheinlich einige schon gedacht haben, ist der dicke Perser eine übergewichtige Katze. Besonders schlau ist er ebenfalls nicht, eine ganz doofe Kombination mit uns als Nachbarn ist das, gaaaanz doof.

Da sind wir doch auf dem Rückweg von der Hausrunde, fast schon zuhause, bloß noch ein Reihenhaus passieren und da, der Dicke kann sich selbst zwischen dem umzäunten Mülltonnen-Abstellplatz nicht verstecken.

Mhm, aber gut - hinterm Zaun ist er sicher.

Wir trotten enttäuscht weiter als Unglaubliches geschah - der Dicke verlässt seine sichere Deckung und sucht die sportliche Herausforderung!

„Chateau", oder wie das heißt, „Chateau, mein persischer Freund…"

… die Rally geht sofort los … in etwa 10 Metern Entfernung steht ein Baum.

Als der Dicke am Stamm angekommen ist, sind wir bereits unmittelbar dahinter, gespannt, was passiert. Der erste Sprung bringt den Perser auf eine Höhe von etwa 50 cm am Stamm, für einen Hund mit einer Schulterhöhe von 70 cm geradezu ideal.

Der Dicke weiß das natürlich auch, macht einen weiteren Satz und schafft es damit so etwa auf 70 cm, auch schön! Und dann plumpste er entkräftet runter…

… wir stehen beide da - unsere Ruten wedeln langsam, gaaanz langsam hin und her…hiiiiiiin und heeeeeer……..hiiiiiiiiin und wieder heeeeeeer

…die Spannung steigt… der Perser ist total fertig, dreht sich um und ergibt sich mit grummeligem Blick in unsere Richtung.

Wir grinsen ihn an - Achtung - Gedankenübertragung:

„Katze, Du musst mehr Sport machen….Deine Kondition ist mies!" *he he

„Mpfh ich weiß", grummelte der Dicke, „ich weiß".

*Leider hat unser Mensch uns jetzt weggerufen:
„Bis zum nächsten Mal, Dicker, dann aber bitte
besser in Form!" *he he*

*Ach Shelby, leider hast Du den Perser nie kennen
gelernt. Der hätte Dir auch gefallen.*

*Ha ha ha, ich kann nicht mehr, Josie, Luft, ich
brauche Luft, *ha ha ha.

Zum Durchpusten Musik, Bloodhound Gang –
„Ballad of Chasey Lane" und ab geht's!

*„…hey, kleiner Perser, komm, ich küsse Deinen
Arsch? *haaa haa*

*Hach Shelby, die „Dicke Perser" Situationen waren
mit die besten, die wir hatten.*

*Einmal, da haben wir ihn am anderen Ende des
Reihenhauses zwischen den Büschen erwischt. Da
wir nicht die Kleinsten sind, haben wir ihn erstmal
auf die Wiese getrieben und dann, als er genau
zwischen uns war, haben wir Folgendes gemacht:*

*Der Dicke guckte mich an und Shadow hat ihm
eins mit der Tatze auf den Hintern
gegeben…Patsch,*

…er drehte sich um, fauchte und drehte, richtig - mir seinen Hintern zu.

Zack - Patsch - eins mit der Tatze hinten drauf, eine Drehung zu mir und Shadow war wieder dran …. Patsche Patsche Perser ist soooo lustig *ha ha ha

Das Spiel hat er ca. 2 Minuten durchgehalten und jeder durfte ihm in dieser Zeit so viermal was auf'n Popo geben…dann war er zu erschöpft und grummelte nur noch rum.

Unser Mensch hatte sich auch vom Lachen erholt und pfiff uns ran.

Gedankenübertagung:

„War wie immer schön, Perser, bis zum nächsten Mal!" - „Leckt mich doch!" …

Radio Shelby

Joleen

Tadaaa, da isser wieder - Euer Shelby, Leute, willkommen zur heutigen Ausgabe von Radio Shelby. Mit etwas Abstand ist hier wieder bessere Stimmung, trotz meiner nachdrücklichen Bitte, eine Perserkatze anzuschaffen, weigert sich unser Mensch ... tse!

Aber gut, rocken wir eben trotzdem los und heute beginnt Dolly Parton, das alte Mädchen, mit „Joleen". Bis gleich dann, liebe Hörer, ich bin irgendwie noch nicht ganz da und schlabbere einen Kaffee - na klaro, aus'm Regenbogennapf...

„...Deine Schönheit unvergleichlich - Joleen ...", yeah Leute. Zur besseren Einordnung der kommenden Episode sei hier erwähnt, dass ich inzwischen seit über zwei Jahren hier auf „Schloß Birth" das Leben rocke. Na ja, ihr wisst ja, es war anfangs echt hart. Inzwischen läuft aber schon vieles einigermaßen geschmeidig und ich mache so mein Shelby-Ding.

Wir warten jetzt hier einige Stunden allein zuhause, unser Mensch schien aufgeregt, als er losgefahren ist. Keine Ahnung, was der verrückte Typ wieder am Start hat ... der Sound unseres Autos vor der Haustür klingt nach baldiger Hausrunde und Keksen, kann losgehen, Leute, kann losgehen.

Die Tür geht auf, die übliche stürmische Begrüßung rollt auf den Rudelführer zu...

… danach stürmen wir zum Auto, los Mensch, aufmachen, die Mission heißt Welt retten - also unsere Welt im Shelbyversum, versteht sich - alles andere wäre ziemlich hoffnungslos.

Aber der Wagen bleibt zu, der Mensch scheint nervös, öhm, was'n los???

Ist doch alles gut, keine Bedrohung in Sicht und wenn ich das sage, Leute, dann ist das ganz bestimmt so! Und dankbar bin ich dafür auch, ehrlich gesagt.

Also Mensch, mach hin!

Da öffnet er auch schon den Kofferraum, wir wollen los und ein energisches Kommando bremst uns ein. Hä?

Öhm, da iss was im Kofferraum. Ui, ein Hund, uiuiui - wir wollen natürlich direkt mal gucken, wer der neue Kollege ist… aber wir sollen warten. Klappt natürlich nicht - wir sind schließlich PM's und müssen der Sache auf den Grund gehen. Neugierig stecken wir also die Rüssel in Richtung Kofferraum und wedeln freundlich mit der Rute.

Der Neue ist auch schon neugierig, Moment, Moment mal, schnüffel, schnüffel, es ist … ui…ein Mädchen!

Ein neues Mädchen, yipee, was für ein geiler Tag! … die Neue darf raus und wir begrüßen sie direkt freudig. Geht nicht, meint ihr? Doch, geht! Wenn unser Mensch mit einem neuen Hund ankommt, ist sofort klar: Gekommen, um zu bleiben!

Und wow, es ist echt ne hübsche, ein echt heißes Mädchen, … Applaus, Mensch, riesiger Applaus, gut gemacht!

Zuerst mal gehen wir rein, die Neue kommt mit und guckt sich erstmal alles an. Klar, sie ist aufgeregt und ich denke an meinen ersten Tag… Kataklysm *grrr

Da hat sie deutlich mehr Glück, Runde durch die Bude, Kekse und zwei freundliche, entspannte Hunde. Logisch sind alle etwas aufgeregt, aber schon nach wenigen Minuten entspannt sich der Mensch, wir auch und ab geht's in den Garten. Nachdem wir uns dann etwas kennengelernt haben, kommt Joleen, so heißt die Kleine nämlich, an und baggert mich aber sowas von an.

Ich, öhm, hab ehrlich gesagt keine Ahnung, wie ich damit umgehen soll. Meine sehr isolierten ersten Jahre…äh, Musik, jetzt muss mich Musik retten.

Clowns und Helden mit „Ich liebe Dich" mögen mir Zeit verschaffen…bis gleich, Leute, Euer Moderator muss durchatmen.

Von Liebe verstehe ich leider gar nichts. Tja Leute…ich habe mich zu unserem Menschen geflüchtet und schaue ihn hilfesuchend an. Hundesprache, ja, fast alles gelernt und den großen Rüden kann ich machen, aber spielen und flirten, soweit bin ich einfach echt noch nicht. Und nu? Was nun?

Zum Glück startet ein Spaziergang auf der Hausrunde, wir laufen frei und Joleen an der Leine, klaro. Sie ist zwar durchaus schon neugierig und scheint bei weitem nicht so viel mitgemacht zu haben wie ich. Mannomann, das kann was werden….aber erst mal brennt die Luft ja nicht mehr. Nach einer dreiviertel Stunde sind wir wieder zuhause und können entspannen.

Also genau 10 Minuten kann ich entspannen, dann baggert die mich doch schon wieder an.

Sie reibt frech ihren Pöppes an meiner Brust und ich, hoffnungslos überfordert Leute, wer rettet mich denn bitte???

Zwischen den Mädels ist alles klar, Josie ist Alterspräsidentin und die Neue akzeptiert und respektiert das.

Als einziger Rüde bleibt da nur die Alpha …ahhhhrg, warum nur ist denn die Stellung so kompliziert wie die neue Liebe. Es gibt jetzt viele Eindrücke, die auf uns alle einprasseln, aber es ist echt nicht Joleen, für die es schwierig ist. Ich habe Probleme. Echte Probleme sind das, Leute.

Eins hab ich im Laufe der Zeit gelernt, wenn nix mehr hilft, hilft Kataklysm!

Ja richtig, ich bin inzwischen ein echter Fan geworden.

„Crippled and broken", der muss jetzt auf Sendung - bis gleich, sagt ein ziemlich erschöpfter Shelby.

Sooo, da bin ich wieder. Hier sind einige Anrufe bei der Redaktion eingegangen von Fans, die sich Sorgen machen. Keine Angst, Leute, Euer Shelby ist und bleibt der coolste Jungrüde der Welt.

Okay, okay, mit inzwischen viereinhalb Jahren bin ich im besten Alter. Meine männlichen Artgenossen wissen das und es gibt da nicht viele, die es auf einen Streit ankommen lassen…

… aber Joleen, die weiß das auch und baggert an mir rum….womit wir wieder beim Problem wären. Allerdings möchte ich Euch ja ermöglichen, an meinem Leben teilzunehmen, da muss man dann auch mal bei der Wahrheit bleiben.

Tag eins der neuen Zeitrechnung neigt sich dem Ende entgegen, wir kommen alle etwas zur Ruhe und morgen geht's dann weiter. Befürchte ich …*seufz!

Das kann heiter werden, aber bestimmt nicht langweilig, Leute - mir wird langsam klar, dass ja auch die Gang wieder komplett ist. Na, da verbreiten wir doch gerne wieder Angst und Schrecken, aber nur dem Anschein nach. Kein Scheiß, Leute, wer uns erkennt, atmet meistens durch weil er weiß, es passiert nix. Aber wer uns nicht kennt, atmet oft ein paar Sekunden gar nicht mehr *he he

Euer Shelby verabschiedet sich mit Deep Purple - „A strange kind of Woman", der ist für Dich, Joleen. Bist ein klasse Mädchen und für meine Vergangenheit kannst Du ja nichts, sei herzlich willkommen in der Gang.

„yeah...da war einmal ein Mädchen, ein super tolles Mädchen..."

Radio-Shelby

Joleen II

Howdy, liebe Hörer. Ein total erschöpfter Moderator, ausgelaugt vom permanenten angebaggert werden eines „Höllenmädchens", grüßt erst mal alle Fans.

Aber es gibt auch Licht am Ende des Tunnels. Also hier die Ereignisse der letzten Wochen, brandneu, nur bei Radio Shelby. Wie gewohnt etwas Musik zum eingrooven, JAIN mit „Soldier" ist da genau das richtige.

„…Liebe ist einfach immer richtig!", ach Leute - herrlich, auch wenn's mit der Liebe manchmal schwierig sein kann …womit wir wieder mittendrin sind im Shelbyversum.

Aber der Reihe nach, denn es ist so einiges passiert.

Außerplanmäßig kam Joleen zwei Wochen früher, so ist es halt schon mal im Tierschutz.

Flugpate vorhanden, wieder nicht, Flugpate dringend gesucht, dann hat Verena die „Kleine" selbst in Ajucan abgeholt und am Flughafen übergeben. Das war der Start in Richtung endlich ankommen, Leute. Zur Beruhigung sei hier direkt erwähnt, dass es nicht besser hätte passen können.

Mir fällt ein, es wird Zeit, endlich mal Ozzy und seine Familie vorzustellen.

Ozzy ist ein kleiner Rauhaardackel und wohnt über uns. Wir teilen zwar nicht die Wohnung, sehr wohl aber den Garten, den selbstredend auch Ozzys Menschen nutzen. Michel und Sarah sind echt liebe Menschen und die kleine Krawallbüchse ist auch ein sehr angenehmer Mitbewohner. Lediglich der Größenunterschied macht das Spielen bisweilen schwierig und in der Auswahl der Snacks haben wir ebenfalls unterschiedliche Vorlieben.

Damit Joleen und Ozzy sich ebenfalls schnell aneinander gewöhnen, wurde ein gemeinsames Treffen im Garten vereinbart. Leider nur ist Sarah mit Ozzy vorher spazieren gegangen und die beiden haben sich am Zaun, auf unterschiedlichen Seiten, wild kläffend begrüßt. Sarahs Gesicht war zu entnehmen, dass Ozzy wohl demnächst gefressen werden wird.

Keine Sorge, überlebt hat er, der Kleine. Aber ein mallorquinischer Schäferhund ist nun mal stets bereit, willens und in der Lage, Haus und Mensch zu verteidigen. Joleen ist dazu ne Hündin mit ner Extraportion Pfeffer im Hintern, da haben schon einige - und werden noch andere staunen.

Bei dem ersten Date im Garten hat Ozzy sie dann angebellt, er hat mal schlechte Erfahrungen mit großen Schwarzen gemacht. Aber siehe da, auf der richtigen Seite vom Zaun war das kein Problem. Sie hat sofort gewusst, dass alle **im** Garten auch hierher gehören und ihn vorsichtig begrüßt. Zeitlich war das nur wenige Minuten nach dem nur vom Zaun verhinderten Gemetzel *lach

Tja Leute, ernstzunehmende Hunde oder Kuschelbär, wir können beides.

Zeit für musikalische Begleitung, würde ich sagen, natürlich Ozzy Osbourne – „Hellraiser" für Ozzy und ein Höllenmädchen, ab geht's!

„ ...Höllenjunge, bei Donner und Lava!", übrigens sei am Rande noch erwähnt, dass Ozzy wegen Herrn Osbourne so heißt.

Michel ist Lehrer und Sarah Krankenschwester, beide sind Heavy Metal Fans, kennen gelernt auf einem Festival in Slowenien und fertig ist der Cocktail der lieben Mitbewohner. Ozzy steht mit seinem Gekläffe übrigens im ständigen Wettstreit mit ner kreischenden Elektrischen, keine Missverständnisse bitte - wir mögen ihn!

Zurück zu Joleen, die ist das kleine Model unserer Rasse. Mit ihren 27 Kilogramm ist sie aber wesentlich wendiger als wir. Wenn der Mensch nicht da ist, steigt sie immer auf die Fensterbank und guckt, was draußen so los ist. Da wären wir erstens nicht drauf gekommen und zweitens fehlte da Platz, deswegen schauen wir lieber durch die Balkontür raus.

Letztens kam unser Mensch nach Hause, wir voller Freude Richtung Tür gerannt und Joleen…

… hatte den Vorhang vergessen. Voll rein gesemmelt und das Teil direkt mal abgerissen, diese kleinen Plastikhalter können aber auch echt nix ab *ha ha.

Unser Mensch hat's gelassen genommen, die anderen Vorhänge ebenfalls ab und alles in die Waschmaschine. War sowieso mal wieder Zeit, meinte er…

Tja, mit einer gewissen Lockerheit kommt man besser durch's Leben und wer die nicht hat, der holt sich eben besser keine Bestia Negra.

Überhaupt ist die Kleine ein echter Sonnenaufgangs-/Sonnenuntergangshund. Wenn etwas Jagdbares in Sicht kommt, gibt's kein

Halten, deswegen ist vor sieben und nach acht Uhr Leinenpflicht.

Anderes Thema. Bereits zu zweit hatten wir hier kaum Probleme, jetzt als Gang macht uns eigentlich niemand mehr von der Seite an. Doch ein Kangal aus der Nachbarschaft kommt mit uns nicht klar. Nie was gewesen zwischen uns, ehrlich, aber er mag uns nicht und reagiert immer mit Aggression, wenn er uns sieht. Da er immer an der Leine ist, werden wir bei Fuß gerufen und lassen den auch links liegen, aber nicht so Joleen. Der Typ ist dreimal so groß und auch dreimal so schwer, aber wenn es eben Krieg sein muss, dann gerne. Die hängt sich voll in die Leine und der Mensch hat jede Menge zu tun, sie zu bändigen.

Überhaupt kennt die keine Angst. Da kommen uns zwei Frauen mit fünf Hunden entgegen, alle so im Bereich 20-40 Kg und die Kleine läuft hin. Rute hoch, voll mitten rein und sagt:

„Hey Leute, ich bin hier die neue Chefin! Stellt Euch mal vor und macht nix falsch, dann kommen wir klar!"

Seitdem wird Abrufen vehement trainiert, sie hat aber auch bislang niemandem was getan. Ist halt bloß mit einem großen Willen ausgestattet.

Eigentlich typisch PM eben, nix Besonderes, es sei denn - man hat eine Vergangenheit.

Ihre war so schlecht nicht, daher ist sie eine Draufgängerin und baggert mich immer noch an *seufz.

Erstmal wieder Musik und dann zu meinen Fortschritten, die sind nämlich erheblich!

Pink - „Fuckin Perfect", eine Interpretin mit Aussagen.

„...schlicht perfekt, dass bist Du!" yeah, so nämlich Leute!

Sooo, harter Übergang zum Gartenschlauch *lach.

Geht nicht anders, der Schlauch bzw. die Bewässerung und ihre Folgen haben nämlich hier einiges bewirkt. Bei der ersten Wässerung, die Joleen mitgemacht hat, kam unser Rudelführer aus dem Lachen gar nicht mehr raus und ich habe bloß verwundert geguckt, was die Verrückte da wieder auf's Parkett gezaubert hat.

Bislang war Gartenwässern von uns unbeteiligt begleitet worden, jetzt aber wird der Wasserstrahl gefangen. Da das in relativer Nähe zum Menschen geschieht, gleicht das jetzt einer Wasserschlacht. Nachdem Josie das Treiben eine Weile beobachtet hat, fing sie an, während der Schlacht mit der Kleinen zu spielen. Was soll sie auch machen, ich habe ja nie mit ihr gespielt, obwohl sie mich wirklich mehrfach aufgefordert hat.

Ich beobachte die zwei ein paar Tage und dann, Tusch Leute, ja dann habe ich mitgespielt. Erst ganz vorsichtig, wollte ja nix falsch machen. Aber nach ein paar Wochen läuft's richtig super! Die Gang spielt richtig toll zusammen und wir machen das inzwischen sogar ganz ohne Schlauch.

Ich habe so viel mehr Spaß auf einmal, etwas mehr Sicherheit und sogar beim Flirten bin ich mit dabei. Ist nämlich gar nicht so schlimm, wie ich anfangs dachte *lach

Nee, Quatsch, schlimm fand ich es nie. Wusste eben bloß nicht wie ich mich zu verhalten habe. Das war doof. Doch jetzt fluppt es immer besser, ja, es macht sogar Spaß. Wer hätte das vor 6 Wochen gedacht!

Zum Glück ist die Kleine so ein hartnäckiges Biest und hat einfach nicht aufgegeben.

Die heutige Show neigt sich dem Ende entgegen, aber, liebe Shelby Fans, ihr seid wieder auf dem Stand der Dinge.

Der coole Pastor Shelby verabschiedet sich mit einer unterschätzten Band, Big Country mit „Just a Shadow" - die Zeiten sind jetzt endgültig vorbei.

Ciao, Tschüss und bis dann…

Radio Shelby

Nachbarshunde und O'Brian

Soooo, liebe Shelbianer,

auf zu einer neuen Episode von Radio Shelby. Nachdem ich ja im letzten Kapitel die Mitbewohner vorgestellt habe, ist mir gleichzeitig aufgefallen, ich habe die Nachbarn ja noch gar nicht vorgestellt. T'schuldigung, ehrlich Leute, geht ja gar nicht! Wird hier und jetzt aber nachgeholt.

Zunächst „Walking on sunshine" von Katrina and the Waves, ein schöner Start in den Tag.

Tja, wie stelle ich denn die Nachbarn wohl am besten vor?

Mhm, also zunächst mal werde ich mich auf die Hundenachbarn beschränken und auch ein Plüschkollege soll Erwähnung finden, dazu später mehr. Damit ich auch keinen vergesse, starte ich einfach mal im Uhrzeigersinn, womit wir auch schon bei Dino sind. Der arme Kerl ist ausgebildeter Jagdhund, etwa 4 Jahre, und muss für seine Kekse echt schuften.

Mannomann, da haben wir es leichter!

Eigentlich können wir immer so unser Pastoren-Gedöns durchziehen, mal ne Maus ausbuddeln und fressen, ein Eichhörnchen jagen und dann entnervt den Baum hinaufschauen...wartet ab, irgendwann lernen wir klettern, ich schwör's. Unser neues Paradies bewachen würde ich jetzt nicht als Arbeit bezeichnen, macht doch Spaß, den Pizzaboten oder wen auch immer zu erschrecken, ha ha

Aber Dino soll immer hören und am besten noch nicht mal mit uns spielen...tse tse tse, ich sage: „Buh". Meine Meinung interessiert den Rolf aber nicht, tse. Der ist Jäger und Dino muss einfach schuften. So isses halt.

Machen wir also gegenüber weiter und starten mit Tongs. Tongs ist eine griechische Straßenmischung, ca. 40 cm groß, weißblond, sehr agil und lebt in einer jungen Familie mit menschlichem Nachwuchs. Wenn wir uns draußen begegnen, fiept sie immer so laut und doll, als ob wir uns nach Monaten erstmalig wiedersehen würden. Schon etwas verrückt, aber wir haben uns an diese übersteigerte Freude gewöhnt.

Sie ist auch kein bisschen aggressiv, einfach nur total wuselig, ja, manchmal auch überdreht.

Haben wir uns aber dran gewöhnt und tragen es mit Fassung. Seine Menschen sind da schon eher genervt… sie geben echt alles, um dieses Verhalten in, sagen wir, halbwegs geordnete Bahnen zu lenken. Shelby meint allerdings, es bleibt wie es iss ….

Mal überlegen, zwei von vier plus Plüschi, Zeit für Musik!

Musik, liebe Leute, Alphaville hauen für Euch in die Tasten: "Sounds like a melody", ab geht's auch schon.

"…Dein schönes Lachen ist die beste Melodie!", einfach herrlich, Leute.

Zurück zu den Nachbarn, „Caju" ist an der Reihe. Konkret macht er etwa das Doppelte eines Meerschweinchens aus. Auch in der Optik sind da gewisse Ähnlichkeiten. Na, jemand dabei, der die Rasse errät? Er ist ein ….Havaneser. Was gibt es so zu ihm zu sagen?

Mhm, er ist durchaus neugierig und wir kommen gut klar mit ihm bzw. auch umgekehrt. Zusammen spielen ist einfach nicht drin, dafür sind die körperlichen Gegebenheiten und Charaktere einfach zu unterschiedlich. Wir sind eben einfach nette Nachbarn, die sich freundlich begegnen, mehr muss doch auch gar nicht immer sein.

Bleiben noch zwei über, Plüschi und die O'Brians, wir starten einfach mal mit Plüschi.

Hier darf ich mir erlauben, etwas auszuholen. Einmal jährlich findet hier das Nachbarschaftsfest statt. Klaro, sind wir da auch immer mittendrin, obwohl - letztes Jahr hab ich mir das noch aus sicherer Entfernung angesehen.

Da hab ich echt große Forstschritte gemacht!

Zu Beginn des Festes hält der Rainer, das ist hier der Präsident, immer eine kleine Rede und auch die Planungshoheit obliegt ihm. Als pensionierter Lehrer ist er geradezu prädestiniert dafür. Da hier fast jeder einen Hund hat außer dem Präsi, hat mein Mensch beschlossen:

Rainer braucht ´nen Dackel!

Da natürlich ein lebendiger Präsidentendackel ein wenig zu viel des Guten wäre, hat unser Mensch eine Plüschvariante des Rauhaardackels gekauft. Den kleinen Kollegen hat er dem verdutzten Präsi zu Beginn des Festes in die Hand gedrückt, da war das Gelächter schon groß.

Da er seine Worte immer gestenreich unterstützt, wedelte der Präsi mit Plüschi die ganze Zeit wie mit einem Taktstock herum, selten so viel Gelacht bei der Ansprache, ha ha.

Mensch, Mensch, echt ´ne gute Idee haste da gehabt, Du verrückter Hund.

Bleibt noch O'Brian zum Schluss…öhm, nee, erst mal wieder musikalische Untermalung. Bin ja kein Alleinunterhalter…im Sinne des Festes der großartige Udo Jürgens - „Griechischer Wein", soll es sein.

Bis ich hier ankam, war ich auch immer fremd. Schon etwas traurig, der Text, wenigstens sind wir alle endlich in einem tollen Zuhause. Einfach mal einen Dank an dieser Stelle an alle Menschen, die sich für Tierschutz entscheiden.

Mein besonderer Dank gilt denen, die sogar große Schwarze nehmen; soooo schlimm sind wir nämlich gar nicht, bloß manchmal, hehe.

Zurück zu den Nachbarn, Leute. Zunächst eine kleine Darstellung der Gegebenheiten zum besseren Verständnis. Wenn man unsere Straße in Richtung unseres Hauses hoch läuft, liegen links die bereits beschriebenen Reihenhäuser und rechts Einfamilienhäuser.

Alles in den Siebzigern gebaut, wem das hilft.

Das fünftletzte Doppelhaus wird von den O'Brians bewohnt.

Danach liegen unmittelbar am Wendekreis noch zwei Häuser ohne Hundekumpel und neben den Garagen, die den Wendekreis quasi abschließen, geht links ein Fußweg zum Präsi hoch. Rechts ist noch ein etwas breiterer, auch befahrbarer Weg.

Wenn man den rechten Weg nimmt, liegen links drei Häuser. Im ersten wohnen der Präsi mit Frau und jetzt auch mit Plüschi, im mittleren leben wir und Ozzy mit Anhang und im letzten Haus wohnt Dino mit seinen Menschen.

Rechter Hand liegt ein größeres Mehrfamilienhaus, da leben unter anderem Caju und Tongs.

Normalerweise begegnen wir dem O'Brian immer an der Hundewiese, der Garten vom Haus O'Brian befindet sich hinten raus und ist von der Straße nicht einsehbar. Eigentlich auch besser so…

O'Brian ist ein Irish-Terrier-Rüde, ca. 3 bis 4 Jahre alt und immer schlecht bis ganz schlecht gelaunt.

Ich schwöre, wir haben dem eigentlich nie was getan!

Und trotzdem werden wir immer mit maximaler Unfreundlichkeit abgestraft. Der arme Kerl lebt bei einer maximal grummeligen Frau, die geht zum Lachen echt in den Keller.

Möglicherweise hat das abgefärbt - Menschen sind ja meistens wie ihre Hunde beziehungsweise umgekehrt stimmt's natürlich auch.

Beim Nachbarschaftsfest hat die O'Brian den O'Brian tatsächlich mit angeschleppt. Alle anderen Hunde kommen klar, machen so ihr Hundeding, alles cool und easy.

Tatsächlich gab es sogar einen weiteren Neuling, abgesehen von Joleen - die nebenbei gleich die Chefin auf'm Fest war.

Steffi hat sich einen wenige Wochen alten Chihuahua geholt. Und obwohl wir als Gang direkt vor und neben ihr waren, hat sie ihn in ihrer Tasche auf den Boden gestellt und wir durften mal gucken. Stellt Euch das mal vor, Leute, ein Wesen - kleiner als auch nur der Kopf von einem von uns. Aber wir gucken zu dritt von allen Seiten vorsichtig nach der Neuen, total friedlich und entspannt war das - jedenfalls bis die O'Brians auflaufen.

Sofort hängt der aggressiv in der Leine; Joleen natürlich direkt hin, um ihm die Meinung zu geigen, voll Strom in der Tapete!

Joleen frisst den fast auf, Frau O'Brian spritzt mit ihrer Wasserflasche um sich und murmelt was von „Frustrationstoleranz trainieren …", boah ey, geht gar nicht. Einfach mal zu Hause lassen, den Stresser, und vielleicht auch mal generell nicht so grummelig sein, das könnte wirken.

Seit dieser Aktion guckt Joleen immer, wenn sie draußen ist, sofort, ob die O'Brians da sind….einmal hat sie ihn erblickt und fing an, sich runter zu schleichen. Ein Pastor Mallorquin vergisst niemals!

Aber als sie es bis zum Wendekreis geschafft hatte, pfiff unser Mensch sie zurück. Mensch, Mensch - gönn uns doch auch mal was. „Nächstes Mal kriege ich Dich" denkt die Kleine, kann man sehen Leute, ehrlich, der Drops ist noch nicht gelutscht.

Bevor ich mich verabschiede, eine Sache, Leute, die ihr nicht weitersagen dürft…

Psssst, immer wenn wir auf der Morgenrunde beim O'Brian vorbei kommen, geht der erste

Strahl des Tages raus. Und es ist einfach auch der beste! Sehr befriedigend, wirklich, hehe.

Beim Abschiedssong muss ich nicht lange nachdenken Leute:

Die Fantastischen Vier mit „Arschloch", in diesem Sinne, Shelbianer, könnt ihr mich mal…nee quatsch, ihr seid natürlich töfte und meine besten Wünsche begleiten Euch!

Radio - Shelby

Verblendung

Hallo und herzlich willkommen zur vorläufig letzten Folge von Radio Shelby, der wahrscheinlich besten Radioshow, die eigentlich keine ist.

Wie gewohnt starten wir mit Musik: Die Los Lobos mit „Labamba" sorgen direkt für gute Laune. „...la la la la la...", yeah Leute, mit bester Laune zu „Killermachine".

Das ist ein kleiner, weiß-brauner Terrier, der es in sich hat.

Eigentlich heißt er „Rocky", aber wir finden: Killermachine passt einfach viel besser zu ihm. Fast jedes Mal, wenn er Artgenossen begegnet, schaltet er auf den totalen Angriffskrieg um. Eigentlich keine gute Idee, wenn man so ein Winzling ist. Zum Glück aber passen die Menschen hier gut auf und Killermachine ist auch hinter Gittern, um Schlimmeres zu vermeiden. Mit den Gittern ist natürlich der Maulkorb gemeint. Allerdings mutet das Ganze etwas surreal an, denn der Maulkorb ist so winzig, da würden wir noch nicht mal 'ne Pfote reinkriegen.

Als Pastoren sind wir sensibel genug, um zu erkennen, dass hier keine Gefahr droht. Entsprechend kommen wir relativ problemlos aneinander vorbei, nur ein großes Fragezeichen über dem Kopf sieht man uns dann immer deutlich an. Cool bleiben ist da das Gebot der Stunde!

Und für Dich, mein lieber Killermachine, spielen wir: Duran Duran mit „Wild Boys".

„...wilde Jungs, gehen ihren Weg!", da bin ich wieder und mache weiter mit einem leidigen Thema: Blender!

Inzwischen ist es bereits Ende Oktober und morgens beziehungsweise abends ist es entsprechend dunkel. Wir machen daraus einfach ein Versteckspiel, ha ha.

Unser Mensch zählt immer durch, wenn wir aus dem Auto aussteigen, eins, zwei, drei, alle da. Und wenn wir einsteigen, wird erneut durchgezählt. Bislang wurde da dann auch immer bis drei gezählt. Unterwegs mit großen Schwarzen, tja, höchstens im Schein des Vollmondes sind wir immer im Blick.

Übrigens meint unser Mensch Leuchthalsbänder würde der Sache jeglichen Reiz nehmen, jaaa, normal ist eben anders.

(Anmerkung der Redaktion: Tatsächlich sind nur die Batterien leer und in Kürze wird das Problem behoben!).

Soweit so gut, was ist denn jetzt ein Blender, werdet ihr sicher wissen wollen!? Ganz einfach:

Es handelt sich um Menschen, die Taschenlampen durch die Gegend schleppen, die locker ein ganzes Stadion erhellen würden. Dann fuchteln die damit herum und leuchten in alle Himmelsrichtungen, vermutlich aus Angst vorm bösen Mann.

Jaaaa, der böse Mann springt immer im Dunkeln aus dem Busch hervor und belästigt Hundebesitzer, weiß ja jeder!

Und wenn dann der Blender jemandem begegnet, leuchtet er erst mal allen satt in die Fresse.

Menschen, Hunde, einfach jeder wird ergiebig ausgeleuchtet und geprüft. Nur um sicher zu gehen, versteht sich, nur um sicher zu gehen, dass es sich nicht doch um den bösen schwarzen Mann handelt.

Wir sind alle ein paar Sekunden blind und werden auch echt böse. Mann, Mann, Mann, es geht doch auch anders!

Bitte, ja wirklich bitte, nicht mehr blenden, ja!? Danke und zum Abschluss: „Revolverheld" mit „Ich lass für Dich das Licht an", ha ha.

Einfach ein total schöner Song, wir wollen ja Freunde und freundlich bleiben, Leute.

Euer Shelby ist dann mal weg...

Danksagungen

Ich möchte mich bei meinem Freund Jörg Marwinske bedanken. Du bist einfach genial und ohne Dich wären weder die Homepage noch das Buch, in dieser Form, möglich gewesen. Danke!

Auch Dir, Verena, danke ich für die Vermittlung meiner großen Schwarzen und den tollen Kontakt. Da wird nicht nur vermittelt, um zu vermitteln! Nein, es muss wirklich passen und Du hast da immer richtig gelegen.

Jedes verkaufte Buch bringt Euch eine Spende von einem Euro, es kommt von Herzen.

Vielen Dank auch Dir, mein lieber Rainer Schwarzbach. Als pensionierter Lehrer bist Du geradezu prädestiniert gewesen, die Korrektur vorzunehmen.

Wenn man so tolle Nachbarn hat, ist vieles leichter.

Davina Sowieja, hab vielen Dank für die tollen Fotos.

Sollte ich irgendwann mal neue Hunde bekommen, sehen wir uns wieder!

Weiterhin danke ich allen Freunden(innen), die mir zwischendurch ein Feedback gegeben haben. Ihr habt mich ermuntert dran zu bleiben und dieses Projekt zu vollenden.

B
e
s
o
n
d